Arafat'ta Bir Çocuk

DOĞAN KİTAP TARAFINDAN YAYIMLANAN DİĞER KİTAPLARI

Engereğin Gözü
Bir Kedi, Bir Adam, Bir Ölüm
Mutluluk
Leyla'nın Evi
Sevdalım Hayat
Son Ada
Serenad
Edebiyat Mutluluktur
Kardeşimin Hikâyesi

ARAFAT'TA BİR ÇOCUK

Yazan: Zülfü Livaneli

1. baskı / Cem Yayınevi, 1978
Doğan Kitap'ta 1. baskı / Mart 2012
14. baskı / Ekim 2014 / ISBN 978-605-09-0543-4
Sertifika no: 11940

Kapak resmi: Charles S. Anderson
Kapak tasarımı: Geray Gençer
Baskı: Mega Basım Yayın San. ve Tic. A.Ş.
Cihangir Mah. Güvercin Cad. No: 3/1
Baha İş Merkezi. A Blok Kat: 2
34310 Haramidere-İstanbul
Tel. (212) 412 17 00
Sertifika no: 12026

Doğan Egmont Yayıncılık ve Yapımcılık Tic. A.Ş.
19 Mayıs Cad. Golden Plaza No. 1 Kat 10, 34360 Şişli - İSTANBUL
Tel. (212) 373 77 00 / Faks (212) 355 83 16
www.dogankitap.com.tr/editor@dogankitap.com.tr/satis@dogankitap.com.tr

Arafat'ta Bir Çocuk

Zülfü Livaneli

DK
DOĞAN
KİTAP

İçindekiler

Bu öykülerdeki kişiler
gerçek yaşamdan alınmamıştır.

Arafat'ta Bir Çocuk

Gözlerinin üstüne dek indirdiği şapkayı hiç çıkarmıyordu başından. Çok uzun siperlikli, kırmızı, mavi, sarı dilimli bir boyacı şapkasıydı. Boya fabrikasının adı yazılıydı üstünde. Kıyıdan köşeden tek tel saçı görünmesin diye sıkı sıkı çekiştiriyor, önüne baktığında bir şey göremez oluyordu. Öğretmen bile bir şey söylediğinde, görebilmek için başını iyice arkaya atması gerekiyordu.

Eski eşyaların atıldığı bir yerde bulmuştu şapkayı. O günden beri de bir daha başından çıkarmamıştı. Okulda, evde, sokakta hep başındaydı.

Önceleri çok kızmıştı babası. "Çıkar şu pis şeyi" demişti. Çocuk "Çıkarmam!" diye diretince de hırsla şapkayı kaptığı gibi yere çalmış, iki de tokat atmıştı çocuğun yüzüne.

O gece el ayak çekildikten sonra kalkmış, şapkayı başına geçirmiş, gene yatağa girmişti.

En çok üzüldüğü, babasıyla inatlaşmasıydı. Yoksa okulda durmadan, "Çıkar!" demelerine, özel eğitim uzmanlarının gelip kendisiyle saatlerce konuşmalarına aldırdığı yoktu. Yarısını anlarsa sözlerin, yarısını anlamıyordu zaten. İri gözlerini ya karatahtanın köşesine ya cama ya sıraya dikiyor, gülümseyerek öylece oturuyordu. Sanki kendisine bir şey söylenmiyormuş gibi...

"Hadi şimdi, karşılıklı konuşalım!"

Ya da,

"Küçük dostum, böyle susarak bir yere varamayız ki!"

"Büyüyünce boyacı mı olmak istiyorsun?"

Sonunda söylenenler bitince, yüzündeki o aptalca, karşısındakini çileden çıkaran gülümsemeyi bozmadan çıkıp gidiyordu.

Eğitimciler çaresiz kalmışlardı. Bir tanesi, "Sanki aramızda bir duvar var, sözlerim ona ulaşmıyor" diyordu.

Gene de çok önemli değildi şapka olayı. Düzene uymayan bir görünüşteydi ama kimseyi tedirgin ettiği yoktu. Çocuğun inadını, başkaldırısını gösteriyordu olsa olsa. Asıl sorun, çocuğun her gün şiddetini artırarak yarattığı olaylardı. Sabahları, ince bedeniyle, yüzünde her zamanki aptalca gülümseme asılı, derslikten içeri giriyordu. Hangi olay karşısında olursa olsun, o gülümsemeyi sıyırıp atmıyordu dudaklarından, gözlerinden. Bu, her an her şeye hazır, hem de sonuna dek gitmeye hazır bir görünüm veriyordu çocuğa.

Yarattığı bir iki olaydan sonra sınıftakileri de okuldakileri de sindirmişti. Yanına pek yaklaşmıyorlardı. Birkaç kez, bir punduna getirip cebinde taşıdığı çakıyı göstermişti. Kulaktan kulağa yayılmıştı bu.

Çok uzun siperlikli alacalı şapkasıyla, derslikte, bahçede, yemekhanede omuzlarını iki yana sallayarak, efelenerek dolaşıyordu.

Altı ay oluyordu okula başlayalı. Daha tam sökememişti dili. Ama yarım yamalak ne dendiğini anlıyordu. İlk günlerdeki gibi değildi.

Okul açıldığı gün, Türk komşulardan birinin çocuğu götürdü onu. Eskilerdendi. Yabancı dili çok iyi konuşuyordu.

Çocuk ürkekti okul yolunda. Kuş gibi atıyordu yüreği. Geleli iki ay olmuştu. Daha alışamamıştı hiçbir şeye. Dili de sökememişti. Hep mahalledeki Türk çocuklarıyla oynuyor, "sarı yabanlar" dediği çocuklara hiç sokulmuyordu.

Okula geldiklerinde zil çalmamıştı daha. Çocuklar ellerinde sopalarla, bağıra çağıra bir top oyunu oynuyorlardı.

Dersliğin kapısına gidip dikildiler.

Arkadaşı, çocuğun halini görünce, "Öyle ürkek durma" dedi. "Korktuğunu belli edersen üstüne gelirler."

Bu daha da korkuttu çocuğu.

Sonra zil çaldı.

Çocuklar sıra olup içeri girdiler. Hepsi de girerken kapının yanında bekleyen iki yabancı esmer çocuğa baktı. Çocuk, bakışlardan bir anlam çıkaramadı. Kızgın mı, alaycı mı, yumuşak mı, anlamak zordu. Zaten hepsi aynı çocuk gibi geliyordu ona. Kızı erkeği zor ayırıyordu.

Bir kadının geldiğini gördü. Arkadaşı öne çıkıp anlamadığı bir şeyler söyledi kadına. Çok uzun boylu, sapsarı saçlı, mavi gözlüydü kadın. Eğilip çocuğa bakarak konuştu. Gülüyordu. Çocuk da güldü. Hiçbir şey anlayamadığı için suçlu gibi duyuyordu kendini.

Öğretmen, çocuğu omuzundan tutup dersliğe soktu. Karatahtanın önünde durdular. Çocukların hepsi de ona bakıyordu şimdi. Öğretmen konuşuyordu. Çocukların gözleri öyle üstüne dikilmiş, mavi ve uzak... Ne nasıl davranacağını bildiği vardı ne de tek söz anladığı... Yüzüne bir sıcaklık bastı. Gözlerini kaldırıp bakamadı çocuklara. İçinden fırlayıp kaçmak geliyordu.

Öğretmen eğilip ona konuştu gene. Ağır ağır, tane tane söylüyordu. İşte bunu anladı çocuk. Arkadaşlarından öğrendiği beş on sözcükten biriydi.

Hafifçe, "Yılmaz" dedi.

Öğretmen anlamamış gibi elini kulağına götürdü.

Bir kez daha, "Yılmaz" dedi.

"Yılmaz?" diye yineledi öğretmen.

Başıyla evet işareti yaptı çocuk.

Öğretmen bir sıraya oturtmuştu onu. Rahatlamıştı. Parlak

bir masa vardı önünde. Kapağı kalkıyordu. Kitaplar, defterler konuyordu içine. Öğretmenin duvara renkli kâğıtlar asıp onları göstererek bir şeyler anlattığını görüyordu.

Arada bir öteki çocuklarla göz göze geliyordu. Şimdi de anlayamıyordu bakışlarını. Buz parçaları vardı sanki göz yerine. Bir taşa, ota, böceğe bakar gibi bakıyorlardı çocuğa. Gözlerini de hiç ayırmıyorlardı.

Çocuk, çevresine bakmamaya başladı. Gözlerini sırasına dikti. Sırtı kamburlaştı.

Anlamadığı konuşmalar, uzak çayırların hışırtısı gibi geliyordu kulağına. Hiçbir şey konuşulmuyormuş gibiydi.

Daha geçen hıdrellez, nenesiyle çamurdan ev yapmışlardı. Ne geçmişti ki üstünden. İşte belki de o, çamurdan yaptıkları ev dileği yerine gelmiş, şimdi oturdukları eve yerleşmişlerdi. Köyde kendi yaptıkları tek katlıydı. Kümesi, ahırı vardı arkasında. Ama olsun! Bu da bir güzel evdi. Yedinci katta. Asansörle çıkılıyordu. En çok dizleri ağrıyan nenesi sevinecekti bu asansör işine, geldiği zaman. Nenenin geleceği günü iple çekiyordu çocuk. Kırış kırış hışırtılı eliyle başını okşayıp göğsüne bastırmasını özlemişti. “Kınalı kuzum” diye sevişi, burnunda tütüyordu.

Köydeyken çocuğun karnı çok ağrırdı. Ağrıyı çeksin diye sabahları yalınayak toprakta yürütürlerdi. Geceleri karnı burulurken nenesi gelir, elini karnının üstüne koyar, okuyup üflemeye başlardı. Adı gibi bilirdi ağrının geçeceğini. Daha nenesi ilk duayı bitirmeden uyuyup kalırdı.

Kokular da değişmişti şimdi. Yeni yeni kokular tanıyordu çocuk. Taze ot kokusu kalmamıştı. Koyun sürülerinin, sığırların kokusu, ahıra girdiğinde insanın genzini yakan ama gene de tanıdık bildik gelen o ağır koku, harman kokusu, yağmurlardan sonra kabaran toprağın kokusu kalmamıştı. Ama en çok aradığı, nenesinin kokusuydu. İlle nenesinin kokusu.

Boynuna nenesinin astığı mavi gözboncuğuna eliyle dokundu. Mavi gözlere karşı koruyacaktı onu.

Unutmamıştı nerede olduğunu, ama çevresinde olup bitenlerden kopmuştu. Aydınlık bir gülümseme yayılmıştı yüzüne. Neredeyse kaşlarının üstünden başlıyordu saçları. Kıvrım kıvrım, güçlü, kapkara saçlardı. Gözleri de her şeye, her zaman şaşarak bakıyormuş gibi kocaman ve parlaktılar. Çoğu zaman, hele soğukta nemli gibi dururlardı.

Okuma yazmayı biraz ilerletince nenesine mektup yazacak. Her gün yazacak, burada olanı biteni, gördüklerini, "sarı yaban"ları anlatacaktı. Çocuklardan birini çağırır mektupları okuturdu nenesi.

"Nene buraya geldiğinde" diyecekti, "seni kuş gibi çıkaracağız bize. Bizim ev yüksek, köydeki gibi düzayak değil. Ama bir inip bir çıkan oda var. Kuş gibi çıkaracağız seni. Neler var burada görülecek, bir bilsen nene. Birlikte gezeriz seninle, ikimiz gezeriz. Hele ben şunların konuşmalarını da bir öğreneyim..."

Zilin çaldığını duydu.

Öğretmen derslikten çıkıp gitti. Çocuklar da bahçeye fırladılar.

Biraz daha oyalandı derslikte. Sonra bahçeye çıktı. Gene o sopalı, toplu oyundan oynuyorlardı.

"Bunlar çelik çomak bilmiyorlardır" diye düşündü. "Çember de bilmezler, aşık da."

Kapının dibinde duvara dayanmış dururken, bütün yaşıtlarından daha ufak tefek görünüyordu. Kolları kısalmış alacalı bir kazak vardı sırtında.

Kimse ilgilenmedi onunla. Yalnız yeniden zil çalıp da içeri girdiklerinde, şişman bir çocuk gelip yüksek sesle bir şeyler söyledi. Anlamadan baktı çocuk. İçinde "Türk" sözcüğü geçiyordu. Yalnız onu anladı. Bütün çocuklar kahkahayla gülmeye başladılar.

Şişman çocuk bütün gücüyle haykırıyordu ona doğru.

Ağzında bir şeyler var da onları yere tükürüyor gibi geldi Yılmaz'a. Tıslaya tıslaya konuşuyordu çocuk. Pembe, şişman bir yüzü vardı. Gözleri pul gibiydi, ufacık. O bağırdıkça ellerini sıraya vurarak gülüyordu ötekiler.

Yılmaz büzüldükçe büzüldü sıranın içinde. Korkuyordu, çok korkuyordu hem de. Durmadan şişman çocuğun yüzüne bakıyordu. Kocaman açılmıştı gözleri. Yüreği pat pat vuruyordu.

O sırada öğretmen geldi. Yerine oturdu herkes.

O ilk günün ikinci olayı da yemekhanede oldu: Büyük, loş bir salondu yemekhane. Çocuklar kuyruk olup birer tepsi aldılar. Yılmaz da onlar gibi yaptı. Sırası gelene, köfte ile makarna veriyorlardı. Ona da verdiler.

Öğretmen, çocuğu, elinde tepsiyle dikilir görünce gelip aldı, kendi masasına götürdü. Başka çocuklar da vardı masada.

Yılmaz yemeğe başlayacağı sırada aklına gelenle irkildi: "Ya domuzsa et? Hem de domuzdur!" Nasıl yerdi bu köfteleri! Aylardır eve et almıyorlardı. Babası dil bilmediği için et paketlerinin üstündeki yazıları anlamıyor, ne eti olduğunu ayıramıyordu. Yanlışlıkla domuz eti alırız korkusundan hiç et almıyor, hep tavuk yiyorlardı. Onu karıştırma tehlikesi yoktu nasıl olsa. Aylardan beri et yerine tavuk yemekten içleri bulanır olmuştu.

Bir sıkıntı bastı çocuğu. Yiyemezdi bu köfteleri. Öğretmen gülümseyerek bakıyordu.

Çocuk makarnadan yemeye başladı. Uzun makarnaları sığdıramıyordu ağzına. Koparayım dese kopmuyordu. Güç bela bitirdi. Bekledi.

Köfte tabağını itti önüne öğretmen. Bir şeyler söylüyor, tatlılıkla gülümsüyordu. "Köfteyi ye!" dediği apaçıktı.

Ne yapacağını iyice şaşırdı çocuk. Kocaman açılmış gözleriyle yalvararak baktı. Nasıl anlatırım, diye düşündü. "Domuz" nasıl denir, bir bilseydi! Bir tek sözcük söylemesi yeterdi. Ama söyleyemedi. Ellerini çaresizce iki yana açıp öğretmene acıyla baktı. Öteki çocukların da bu garip davranışlara şaştığını biliyor ama ne yapsın?

Tabağı itti önünden.

Öğretmen gene gülümsedi. Kâğıtla kalem çıkardı çantasından. Kâğıda bir şeyler çizip gösterdi. Bir dana çizmişti, bir de domuz. Domuzu gösterdi eliyle. Çocuk anladı derdini anlatabileceğini. Sevindi, ısındı öğretmene.

Öğretmen, bir köfteyi gösterdi eliyle, bir domuzu. Sonra domuzun üstünü karaladı. Eliyle "hayır" işareti yaptı. Eli danayla köfte arasında oynadı.

Çocuğa eğlenceli bir oyun gibi gelmişti bu. O da köfteyi gösterdi, sonra danayı. "Bu, bundan mı?" diye sorar gibi eğilip büküldü, sesler çıkardı.

Başını salladı öğretmen. "Ye!" diye işaret etti.

Güldü çocuk. Köfteyi yemeye başladı. Tadını hiç sevmedi. Gene de aylardır et yemediği için pek kötü gelmiyordu.

Öğretmenin gösterdiği dostlukla içi ısınmış, bir parça neşesi yerine gelmişti. Karnı da doymuş, kendisiyle iyi niyetle ilgilenildiğini görmüştü. Hoşnuttu. Eğer derslikteki olay başına gelmeseydi akşama dek sürecekti içindeki barış duygusu.

Yemekten sonra dersliğe dönmüşlerdi. Çocuklar yaklaştı yanına. Başlarında gene o şişman, pul gözlü çocuk vardı.

Bir kâğıda gülen bir domuz çizmişlerdi, bir de inek. İneğin üstü karalanmıştı. Altta bir tabak içinde üç tane köfte resmi görülüyordu. Köfte tabağından gülen domuza bir ok yapmışlardı.

Korkuya kapıldı.

Şişman çocuk gülerek gösteriyordu kâğıdı. Burnuna sokuyordu.

Öğretmen yalan mı söylemişti? Kandırmış mıydı onu? Köfteyi yedirmek için bilerek mi yapmıştı? Gövdesinin her yerinde birden duyuyordu korkuyu. Ya gerçekten domuzsa yediği?

Bir tuhaf kokuyordu et. Ne derdi babası? Kemiklerini kırardı döve döve. Karnında kurtlar dolaşacaktı şimdi. Domuz kurtları dolaşacaktı. Kıyamete kadar cehennemlik olmuştu bilmeden. Kurtlar kaynaşacak, karnını dolduracaklardı. Kurtuluş yoktu bundan. Bütün bedeni domuz kokacak, kendisi de domuza benzeyecekti.

Ne diyecekti babası bu işlere? Saklanacak bir şey olsa saklardı ama ortaya çıkmaz olur muydu hiç! Ah nenesi burada olsaydı...

Çocuklar gülüyorlardı. Domuzu gösterip dillerini çıkarıyorlardı. Kendini kirlenmiş sayıyordu çocuk. Sonsuza dek kirlenmişti.

Derslikten koşarak çıktı.

Okulun arkasındaki koruda bir tepecik vardı. Doğru oraya gitti.

"Bana oyun ettiler nene" diyordu. "Ben bilmeden domuz yedirdiler bana. Murdar oldum nene, cehennemlik oldum."

Birden gözyaşları fışkırdı.

Her an karnında kurtları duymayı bekleyerek oturdu orada. Gövdesinde büyük değişiklikler olacaktı.

Üşüyordu. Büzülmüş otururken soğuktan birbirine vuruyordu dişleri. Karanlığın, yüksek yapıları, yolları, okulu sardığını gördü. Sokak fenerleri, sisli bir aydınlıkla parlamaya başladılar.

Çocuk doğruldu. Buz kesmiş ellerini pantolonunun ceplerine soktu. Kırık dökük, eve yollandı.

Kapıyı annesi açtı. "Nerede kaldın?" diye sordu çocuğa sertçe.

Yanıtlamadı çocuk.

Babası, salonda ışıkları açmadan oturmuş televizyon seyrediyordu. Dili anlamasa da haberlere bile bakıyordu babası.

İçeri odaya geçerken karnında ağrıların başladığını duydu. "Kurt ağrıları" diye düşündü. Korktu. Başlamıştı işte. Kim bilir daha neler olacaktı! "Beni niye kandırdılar" diye acıyla burkuldu içi. İstemeden ağlamaya başladı.

Annesi gelip kapıyı açtığında onu, karanlık odada yatağın üstüne oturmuş ağlar buldu.

"Ne oldu Yılmaz?"

Çocuk, hıçkırıkları artarak sarıldı.

"Karnım ağrıyor" dedi.

"Geçer geçer, ağlama" dedi annesi.

Kaç kez dilinin ucuna dek geldi çocuğun. Söyleyemedi.

Annesi gittikten sonra yatakta uzun süre kendini dinledi. Bir şeyler olmasını bekledi saatlerce. Uyuyamadı.

İçerden televizyonun sesi geliyordu.

O şişman çocuğun yüzünü görüyordu sürekli. Gülerek, pul gözleri kısılmış, domuz resmini uzatırken...

Karnını biri tutmuş da bütün gücüyle buruyor gibiydi.

Eğri büğrü, iyi rendelenmemiş tahta sıraların üstüne düşüyordu güneş ve camla düştüğü yer arasında tozdan bir boru oluşturuyordu. Hepsi görüyordu ışık-borunun içinde aşağı yukarı oynayan, gümüşlenen, birleşip ayrılan tozları... Hınzır bir gülümseme vardı yüzlerinde. Sarı çocuğun saçları pırıl da pırıl yanıyordu. En önde tek başına. Pırıltı olursa bu kadar olur.

"Adın ne?"

Öğretmene anlamadan bakıyordu çocuk, şaşkın.

"Adın ne?"

Anlamıyordu. Bir şaşkınlık donup kalmıştı yüzünde.

"Adın ne?"

"Adını söylesene!" diye dürttü biri. Dürtüşle irkildi sarı çocuk. Sıranın öbür ucuna kaçtı.

"Adın ne? Adın ne? Adın ne?" Hepsi bir ağızdan bağırıyordu çocukların. Bir şenlik yeri gibi oldu dersliğin içi. Sarışın, saçları güneşte pırıl pırıl yanan çocuğun çevresinde arılar gibi döndüler.

Kulağı dibinden kopacak, yırtılacakmış gibiydi. Öğretmenin eliyle birlikte kulağı, kulağıyla birlikte kafası çekiliyordu yukarı doğru.

"Adını söyle sorduğum zaman!"

"Adın ne? Adın ne? Adın ne?"

Sarı çocuk ağlamaya başladı birden. Gözlerinden yağmur gibi döküldü yaşlar.

Kulağı kıpkırmızı...

Çocuklar dönüyorlardı çevresinde.

"Adın ne?"

Öğretmen elini kaldırdı, susturdu çocukları.

"Madem adını söylemiyor, biz bir ad verelim ona."

El çırptı çocuklar, öğretmeni alkışladılar.

"Ne olsun adı, ne olsun, ne olsun?"

"Domuzcuk olsun!"

"Sarı domuzcuk olsun!"

"Gâvur domuzcuk olsun!"

"Hepsi domuzdur zaten bu gâvurların!"

"Domuzcuk, domuzcuk!" Sarışın çocuğun çevresinde döndüler, döndüler.

Öğretmen derslikten çıkıp gitti.

Sarışın çocuk korku içinde bekliyordu. Güneşte pırıl pırıl yanan saçlarından tuttu biri, sıraya doğru itti hızla.

Domuzcuk, tak! Domuzcuk, tak!

"Ne yapıyorsunuz?"

"Adını öğretiyoruz gâvura!"

Domuzcuk, küt! Domuzcuk, küt! Domuzcuk, küt!

Saçları kanlandı çocuğun. Kan, gözyaşlarına, sümüklerine karıştı. Anlayamıyordu çevresindekilerin ne dediğini. Yalnızdı.

Güldü çocuk.

İçi geçti, uyuyuverdi.

Uyurken kollarını iki yana açardı, uçacakmış gibi. Burnunda et olduğundan ağzı hep açık kalırdı.

Günlerce o şişman çocuğu kolladı. Okul dağıldıktan sonra ne yaptığını izliyordu. Ötekiler de zalimdi ama elebaşı hep o şişman çocuktu. Yapmadığını bırakmıyordu derslikte. Okuldan sonra eve gidiyor, köpeğini alıp dışarı çıkıyordu şişman çocuk. Beyaz, yumuk yumuk, tüyden, gözleri bile görünmeyen küçücük bir köpekti.

Böyle on beş-yirmi gün izledi şişman çocuğu. Bir plan yoktu kafasında. Dövecekti belki de. Öyle hırslıydı ki gücünün yeteceğini sanıyordu. Canını yakmak istiyordu şişmanın. Başka bir isteği yoktu. Sonra ne olacağını da düşünmüyordu. Günlerce izledi onu. Şişman çocuk da görüyordu onu. Alayla gülüyordu. Çocuk, onun yanında ufak tefek, karamuk gibi bir şeydi. Şişmanı korkutamıyordu.

Arkadaşları yoktu şişman çocuğun. Hep köpeğiyle geziyordu. Konuşuyordu onunla. Öpüp seviyordu.

Bir gün kolladığı fırsat kendiliğinden doğdu. Büfeden bir şey alıyordu şişman çocuk. Köpeğin kayışını elinden bırakmıştı. Köpek yağmur oluğunun dibine doğru uzaklaştı. O anda aklına geldi çocuğun. Daha önce düşünmediğine şaştı. Atıldı. Köpeğin boynuna bağlı olan kayışı yakalayıp koşmaya başladı.

Yıldırım gibi gidiyordu. Bir zorluk çıkaramıyordu küçük köpek. Şişmanın çığlıklar atarak bağırdığını duydu. Ses arkada kaldı. Soluk soluğa daldı ormana. Kuytu bir köşeye gelmişti. Köpeği sıkıca bağladı bir ağaca. Çevreyi dinledi. Gelen giden yoktu. İzini bulamayacaktı şişman.

Köpek, gözlerini örten tüylerin arasından bakıyordu ona.

Bir kütüğün üstüne oturdu. Köpek karşısındaydı. Kendisine bakıyordu. Gözleri üstündeydi.

"İşte!" diye bağırdı. "İşte elimde itin, it arkadaşın! Ne istersem yaparım, öldürürüm, keserim, gözlerini oyarım. Parmağını bile oynatamazsın, anladın mı inek?"

Ormanın derinliklerine doğru bağırıyor, elini kolunu sallıyordu.

"Boynuna taş bağlar denize atarım istersem. Yapamam mı? Yapamam mı ha? Domuz oğlu domuz."

Orman sessizdi. Dalların hışırtısından başka bir ses duymadı çocuk. Gözlerini köpeğe dikti.

"Şimdi ne yapayım ben buna?" diye düşündü. Köydeki çoban köpekleri gibi de değildi bu. Ufak cinsti, yavru köpeklere benziyordu. Tam enik kadardı.

Öyle bir yavru köpeğin at arabasının altında kaldığını görmüştü çocuk. Tekerlek belinden geçmişti. El kadar bir köpekçikti o da. Acı acı ağlamış, çığlık atmıştı. Belinden arkası ezilmiş, pelte gibi yerde sürünüyordu. Beli kırılmıştı. Yarı cansız gövdesini sürükleyip yoldan kaçmak istiyordu. Çocuk, köpeği alıp kenara çekmişti. Acı acı uğunuyordu köpek.

Şimdi de bu, gözünü dikmiş bakıyordu işte.

Korkutmak için taş aldı eline. Atar gibi yaptı. Kıpırdamadı beyaz köpek.

"Bela mısın ulan!" diye bağırdı çocuk. "Ne biçim sahibin var! Belini kırarım bak!"

Köpek kıpırdamadan bakmayı sürdürdü.

"Bakma ulan bakma! Taş bağlarım boynuna, suya atarım."
Karşılıklı bakıştılar gene. Birazdan karanlık çökecekti.

Kaç kez köpeği tekmelemeye niyetlendi, yaklaşıp yaklaşıp caydı.

Köpeği öyle bağlı bıraktı orada. Koşa koşa eve gitti.

"Şimdi görürsün!" diye söyleniyordu.

Az sonra ormana döndüğünde elinde bir makas vardı.

Köpeği kucağına aldı. Hayvan debeleniyordu. Aldırmadı, iki dizinin arasına sıkıştırdı.

Önce, gözlerini örten tüylerden başladı. Çok dipten kesiyordu. Tepesi açıldı köpeğin. Hoşuna gitti çocuğun bu. Kıkır kıkır gülmeye başladı. Bir yandan da sürdürdü işini, köydeki koyunları kırkar gibi. Makası elinden attığında beyaz köpeğin bütün tüyleri dibinden gitmişti. Biraz önce tüylü, yumuk

yumuk duran köpek çıplak kalmış gibiydi. Kemikleri fırlamış, soğukta titreyen garip bir yaratıktı şimdi.

"Üşüyor" diye düşündü çocuk.

Çözdü köpeği. Yakaladığı yerin yakınlarına götürdü, bıraktı. Koştu köpek. Fırlak kemikleriyle, koşarken de çok gülünç görünüyordu.

Karanlıkta, yüksek beton yapıların arasından eve doğru giderken şişkonun yüzü geliyordu gözlerinin önüne. Kim bilir ne yapacaktı sevgili köpeğini bu halde görünce. Ağlayacaktı.

"Bir daha çatacağı adama dikkat etsin" dedi.

Gülümsedi.

Domuzcuğu çevirmişti köpekler.

Köyün dışında. Kimseler yoktu. Saldıran, saldırırken daha da irileşen çoban köpekleri. Kuyruksuz it de var aralarında. O her gün, bilek kalınlığında zincire bağlı, sahibinden başka kimseyi yanına sokmayan, geceleri zincirinden boşanıp bağı bekleyen kuyruksuz it de. Paçasına dalıyordu domuzcuğun.

Çocuk ağlıyordu, gene ağlıyordu. Bağırıyordu durmadan. Sesi, çatlamış, korkmuş sesi yırtıyordu göğü.

Kimse duymuyordu.

Kuyruksuz it yıkıyordu yere domuzcuğu.

Gözbebekleri dönüyor, dönüyordu. Korkudan aklını kaçıracak gibi, çıldırmış gibi dönüyordu gözleri. Oh olsun! Oh olsun işte!

Kuyruksuz it dili dışarda, sivri dişleri ışılayarak titriyordu.

Domuzcuğun korkudan yüreği duruverecek. Oh olsun! Oh olsun!

"İmdat de! İmdat de!"

"İmdat de domuzcuk."

"İmdat de kurtaralım."

"Köpek seni yiyecek, imdat de! Boğazını dişleyecek kuyruksuz it, imdat de! Paralayacak, imdat de!"

Kuyruksuz it, öfkeyle baktı altında yatan çocuğa, saçları pırıl pırıl yanan sarı çocuğa.

"Yiyecek seni!"

"Dilin dönmüyor mu, imdat de!"

"Bir kere imdat desen, imdat demeyi bilsen, kurtulursun!"

"İmdat de, paralayacak!"

Sarışın çocuk imdat demeyi bilemedi. Kıvrandı. Dili dönmedi bir türlü. Oh olsun! Oh olsun!

O alaycı, karşısındakileri çileden çıkaran saf-kurnaz karışımı anlatım, ertesi gün yerleşti yüzüne. Okula öyle gitti.

Şişman çocuk köpeğini okula getirmiş, öğretmene göstermişti ağlayarak. Köpekle çocuğu öğretmenler odasına götürmüşlerdi. Tüyleri kırkılmış çıplak köpeğin kemikli gövdesine şaşkınlıkla bakıyordu öğretmenler.

"Daha korkunç bir şey olamaz" diye inliyordu bir tanesi. "Tanrım! Tanrım!"

Köpeği sevdiler.

"Küçüğüm benim!"

"Zavallı tatlı dostum!"

Kırkık kısa tüyler hiç de yumuşak değildi artık. Şişman çocuk ağlıyordu. Kıpkırmızı olmuştu yüzü.

"Tam bir barbarlık örneği" dedi müdür. Gördüğüne inanamıyormuş gibi dehşet içindeydi.

"Polise haber vermek gerekir" dedi biri.

"Görelim bakalım şu çocuğu" dedi okul psikoloğu.

Çocuğu öğretmenler odasına getirdiler. İşte o aptalca gülümseyen anlatım, dalgın, uzaklara bakan gözler vardı yüzünde. Kırkık köpeği, başında ağlayan şişman çocuğu gördü. Bütün cakası gitmişti. Gülecekti, tuttu kendini.

"Bir çocuk bunu nasıl düşünebilir, anlamıyorum" dedi müdür.

Psikolog, çocuğa yaklaşıp elini omuzuna koydu. Yabancılar böyle bedensel dokunmalardan hoşlanırlar, diye bilirdi.

"Bu köpeği sen mi bu hale getirdin?"

Çocuk duymamış gibiydi. Gülümsüyordu.

"Sen mi kestin tüylerini?"

"Zavallı küçük köpekçik!"

"Duymuyor musun beni?"

"Yanıt versene!"

Çocuk hep ileriye bakıp gülümsüyordu.

Bir öğretmen, "Anlıyor mu bizi?" diye sordu.

"Anlıyor musun?" dedi psikolog.

Gene sesini çıkarmadı.

"Polise vereceğiz seni."

"Daha mı iyi o zaman?"

"Bir çevirmen gelsin, öyle konuşalım."

Okul yönetimi işin içinden çıkamadı. Bir de çocuğun babasıyla konuşmayı denediler. Üç dört kez kâğıt yolladılar eve.

Baba, kâğıtları komşusunun oğluna okuttu. Okuldan geldiğini anlayınca yırtıp attı hepsini. "Çalışmaya geldim ben buraya. Gidecek, eğlenecek vaktim yok" dedi.

Bunun üzerine psikolog, bir çevirmenle birlikte çocuğun evine gitti. Babaya uzun uzun anlattılar olanı biteni.

Çocuk, odasında oturmuş konuşmaları dinliyordu.

Babasının kendisini çağırdığını duydu. Salonda oturuyorlardı. Karanlık odadan çıkınca gözleri kamaştı çocuğun.

"Doğru mu lan iti kırktığın?" dedi babası.

Sustu çocuk.

"Niye yaptın lan? Ne istedin elin itinden?"

Çocuk gülmüyordu şimdi, ama yanıtlamıyordu da.

"Babana yanıt versene Yılmaz!" diye uyardı annesi.

Gene sustu.

Babasının ona doğru geldiğini gördü. Ağır tokatlardan sakınamadı kendini. Yüzü biber gibi yanmaya başladı. Kulağı çınlıyor, hiçbir şeyi seçemiyordu. Gene de ne sesini çıkardı ne ağladı.

Annesi gelip odaya götürdü çocuğu. Kapıyı kapattı üstüne. Başı zonkluyor, kulakları, yüzü alev alev yanıyordu. Babasının gelenleri uğurladığını duydu. Bildiği birkaç yabancı sözcüğü eğip bükerek yabancı konuğu uğurluyordu. Konuşmayı yeni öğrenen çocuklar gibi kem küm ediyordu. "Bu kez bıçaklayacağım itini" dedi kendi kendine. "Görsünler, gene kaçıracağım ormana."

Doğrulduğunda kan akıyordu burnundan. Kan, güneşte parlıyordu, tınazların arasında. Acıyla gerildi, konuşmaya başladı birden, öyle hızlı, öyle boşanır gibi. Kendi dilinde, ne dediğini anlamadı kimse. Yalvarma mı? Öfke mi? Bambaşka şeyler mi anlatıyordu yoksa? Bir şey anlatıyor muydu gerçekten? Anlamsız sesler miydi?

Hayalarına bir tekme indi.

"Doğru konuş domuzcuk. Fan fin etme. Doğru konuş."

"Gâvurcayı bırak domuzcuk."

Kıvranmaya başladı bu kez. Tınazları yoluyor, toza toprağa bulanıyordu yüzü. Uzakta, köyün köpeklerinin ulumaları... Kuyruksuz itin de...

"Bırakalım burada pisi, gebersin!"

"Domuzcuk!"

"Gâvurcuk!"

Kapkara saçlı çocuklar, altın saçları güneşte pırıl pırıl yanan, altın saçlarının arasında kan kurumuş olanın çevresinde dönüyorlardı. Halka olup durdular.

Bir an sessizlikten sonra kan yeniden akmaya başladı, şırıltılarla. Boğulacak gibi oldu sarı çocuk. Yüzüne fışkırıyordu dosdoğru, güneşte bir an parlayıp çok duru, çok saydam bir sıvı gibi görünerek. Hiç bitmeyecek sandı. Ama bitti.

"Konuş domuzcuk!"

"Su de, su de!"

"Dilin dönmüyor mu? Su de, su!"

Bir testi su duruyordu gözlerinin önünde. Patlamış dudaklarıyla duydu suyu, serin suyu.

"Su de pis gâvur! Su de, su de!"

Testideki su önündeki toprağa boşaldı. Kızgın toprak hemen emdi suyu.

"Bağlarım bir ağaca, arayıp arayıp bulamazlar! Öyle derin bir yere saklarım. Gelir sorarlar bana, yalvarırlar, elimi bile öper hepsi, gene de söylemem. Gülüveririm yüzlerine karşı, gülüveririm!" "Köpek açlıktan ölür ama" dedi bir ses. Bunu hiç düşünmemişti. "Ölmesin" dedi. "Ölmesin köpek, ne günahı var. Ben ona et götürürüm, kemik götürürüm. Ölmez köpekçik, beslerim ben."

Başında boyacı şapkasıyla oturuyordu. Öğretmen sabah geldiğinde anahtarı sormuş, omuzlarını silmişti çocuk. Hiçbir soruyu yanıtlamıyordu. Sırasına oturmuş, çevreyle ilgisini kesmiş, resim yapıyordu. Yalnız gözucuyla öğretmene bakıyordu arada bir. Bugün öğretmende başka bir hava vardı. Kuşkuyla onu süzüyor, yüzüne bakıyor, gülümsemiyordu. Oysa ona en iyi davranan insandı okulda. Hiçbir zaman ötekiler gibi olmamıştı. O gün bir değişiklik olduğunu sezdi çocuk.

İkinci derste kapı açıldı. Müdürle psikolog içeri girdiler.

Müdür:

"Anahtar kayboldu dün" dedi. "Okulun bütün kapılarını açan anahtar. Hepiniz çevrenizi arayın, bulursanız hemen getirin bize. Çok önemli."

Durdu. Öğretmenle bakıştılar.

Çocuk, müdürün kendisine doğru geldiğini gördü. Gelip başında durmuştu. Elini duydu omuzunda.

"Şimdi biz şu küçük Türk dostumuzla konuşacağız biraz."

Çocuk hiç kıpırdamadı yerinden. Resim yapmayı sürdürdü. Öğretmen geldi bu kez.

"Seni dışarı çağırıyorlar" dedi. "Hadi!"

Kalktı yerinden. Dersliktekilerin bakışları arasından hep birlikte çıktılar. Koridorun sonuna doğru boş bir dersliğe gittiler.

Üç adam daha vardı içerde.

Çocuğu hepsinin karşısında bir sandalyeye oturttular.

"Anahtarı aldığını söylediler Yılmaz" dedi müdür. "Onu isteyecektim senden."

Çocuk her zamanki gülümsemesinin arkasına saklanmıştı.

"İnan ki başına iş açılmayacak. Ama hemen ver şu anahtarı."

Çocuk, söylenen sözlerin çoğunu anlıyordu, ama anlamazlığa vuruyordu. Daha çok işine geliyordu böylesi.

"Bu amcalar polis!" Arkada oturan iriyarı adamları gösterdi müdür. "Anahtarı bulmaya geldiler buraya. Anlıyor musun? Bulmadan gitmeyecekler."

Çocuğun yüzündeki gülümseme bozulmaya başladı. Gözleri kuşkuyla gitti geldi.

"Söyle bize, anahtar nerede?"

Polislerden biri kalktı yerinden. Çocuğun yanına geldi. Yüzüne doğru eğilerek sordu:

"Hadi söyle artık küçük arkadaş!"

Fısıltıyla söylemişti ama anlamıştı çocuk. Yüzünde gülümseme yoktu artık.

"Bilmiyorum!" dedi.

"Biliyorsun."

"Bilmiyorum."

"Biliyorsun küçük dostum."

"Bilmiyorum, bilmiyorum!"

"Biliyorsun, birazdan da tatlı tatlı anlatacaksın bize!"

Çaresizlikle bakındı çevresine.

Bu arada öteki polis de geldi yanına. Omuzundan tuttu.

"Birine mi verdin anahtarı?.. Başka Türklere mi?"

Müdür:

"Bak şimdi getireceğim arkadaşını. Yüzüne karşı söyleyecek" dedi.

Çıktı derslikten dışarıya.

"Bir yere mi sakladın? Herkes yanlışlık yapabilir, korkma. Bir yere mi sakladın?"

"Yoksa cebinde mi?"

"Bilmiyorum! Bilmiyorum! Bilmiyorum ben!"

"Üstünü ararım ama" dedi polis.

Çocuk sesini çıkaramadı.

Ayağa kaldırdılar. Karatahtaya doğru eğilip ellerini dayamasını söylediler. Ceplerini, pantolonunu aramaya koyuldular.

Bu sırada müdür, anahtarı yitiren çocukla girdi içeri.

"Anlat!" dedi.

Duraksadı çocuk.

"Kazağımı aldım derslikten" dedi. "Kapıyı kilitledim. Tam gidiyordum, Yılmaz önüme çıktı. Yanında iki tane daha karakafalı vardı. Büyüktüler. Elimden zorla aldılar anahtarı. Sonra kaçtılar."

Anlatırken hiç bakmıyordu Yılmaz'a.

Yılmaz şaşırdı.

"Hayır yalan, ben bu çocuğu okuldan sonra hiç görmedim, anahtarı da almadım, haberim yok, yalan söylüyor" demek istedi.

"Bunlar hep bana düşman" diye açıklamak istiyordu. "Onlar sarı saçlı, ben kara. Karakafa diyorlar bana hep, karakafa aşağı, karakafa yukarı. Düşman. Nenem bildi de mavi göze karşı mavi boncuk astı."

Beceremedi. Bildiği sözcükleri de unutmuştu. Konuşamadan kaldı.

Polisler yaklaşıyordu. Soruyorlar, soruyorlar, soruyorlardı.

"Ne yaptın?"

"Hapsederiz seni!"

"Söyle, söyle, söyle!"

Parmaklarını gözlerine sokuyorlardı polisler. Hep üstüne eğiliyorlar, öfkeyle konuşuyorlardı. Çocuk geriye çekiliyor, kurtulamıyordu üstüne gelenlerden. Bir gölün ortasındaydı. Sular yükseliyor, boğuyordu onu. Hiçbir şey anlamıyordu, bilmiyordu. Dişlerini, yumruklarını sıkmış titriyordu yalnızca. "Hangi Türk'e verdin?"

"Söyle hadi, konuş artık!"

"Hadi kuyruksuz it, hadi" dedi çocuk; "Hadi, bilek kalınlığındaki zincirinden kurtul kuyruksuz it, çitin üzerinden aş yıldırım gibi, hadi kuyruksuz it, hadi!"

Kuyruksuz it hınçla titredi, atıldı sarı kafalının boğazına.

Yarıda kesildi, boğuldu çığlık.

"Evinde mi sakladın? Babana mı? Babana mı?"

Sokaklarda bitkin, kan ter içinde. Kapıyı çaldı.

"Ne diyorsun?" diye sordu kapıdaki.

Hiç kimsenin anlamadığı sözcükler döküldü ağzından.

"Defol gök gözlü uğursuz gâvur. Ne işin var köyümüzde?"

Arkasından koca bir taş attı.

Açlıktan yürüyemez olmuştu.

"Babanı da sorguya çekmemizi ister misin?"

Yüzler üzerine eğilmişti. Ensesinden tutmuştu biri.

Bir ahıra girdi çocuk, yere yığıldı.

"Aç mısın, aç mısın? Al ye!"

Kafasından tutup yüzünü taze, sarı at fışkısına batırdılar.

"Al ye öyleyse, al ye, al ye!"

Yüzü, gözü, burnu sarı fışkı... Sarı fışkıya batmış. Burun delikleri, ağzı tıkalı.

Bu sırada kapı açıldı gene. Çocuğun kendi öğretmeni girdi. Yanında, sınıfın sessiz çocuklarından biri vardı.

"Bütün çocuklara söz ettim kaybolan anahtardan" dedi. "Peter bir şeyler söyledi."

"Dinleyelim" dedi müdür.

Peter, "Dün okuldan birlikte çıktık" dedi. "Yılmaz da bizimle çıktı. Evlerimiz yan yana olduğu için biliyorum. Doğru evin oraya gitti. Sonra da hiç ayrılmadı bahçeden, akşama kadar."

Ahırın gıcırdayan kapısını açan, nenesiydi şimdi. Yerde, fışkıların içinde yatan çocuğa ışık vurdu. Değneğine dayanarak durdu çocuğun başında.

"Vah yavru vah!" dedi. "N'ettiler sana böyle?"

Çocuğu kaldırdı yerden. Destek olup yürüttü.

Evinin önünde, avluda çırılçıplak etti çocuğu. Kuyudan su çekti. Kovalarla su döktü üstüne. Elleriyle yıkadı, hışırtılı yaşlı elleriyle. Sarı saçları gene altın gibi pırıl pırıl yandı çocuğun. Neneye sevgiyle baktı.

Evde çocuğa giysiler verdi. Yaralarına merhem vurdu. Dürüm yaptı verdi çocuğa.

"Ye kınalı kuzum ye! Aç mı bıraktılar seni yavru? Ye kuzum ye! Elleri kırılsın yavru hepsinin!"

Sarı çocuk, başını nenenin giysilerine gömdü. Temiz kokusunu ciğerlerine doldurdu. Kurumuş ellerine gözyaşları döküldü. Nene göğsüne bastırdı sarı saçlı çocuğu, sevdi. Bütün sızılarının uçup gittiğini duydu çocuk.

Dersliğin anahtarını yemekhanenin arkasında buldular. Çiçeklerin arasına düşmüştü.

Anahtarı yitiren çocuğu sorguya çektiler. Kazağını aldıktan sonra anahtarı geri vermeyi unuttuğunu, fırlayıp çıktığını anlattı. Bir iki dakika sonra aklına geldiğinde anahtarı düşürdüğünü anlamıştı.

"Peki niye söylemedin doğrusunu?" dediler.

"Korktum" dedi. "O anda aklıma Yılmaz geldi. Herkes inanırdı onun çaldığına. Siz de inanırdınız, tek karakafa o."

Çok üzgün görünüyordu çocuk. Sonunda ağladı da.

Müdür, bütün bu işler bittikten sonra bir adam göndererek pasta aldırdı.

Derslikte, öğretmen masasının üstünde duruyordu şimdi pasta.

Müdür, "Arkadaşınız Yılmaz anahtar işine çok üzüldü" dedi. "Bir yanlış anlama oldu. Oysa biz çok seviyoruz Yılmaz'ı. Hepimiz çok seviyoruz, değil mi?"

"Evet, evet!" diye bağırdı çocuklar.

Yılmaz bütün dişlerini göstererek güldü. Sonra ağzı, utanmış gibi kasıldı. Kimse güldüğünü görmesin diye önüne eğdi başını, ama gene de gülmeden edemiyordu.

"Şimdi bu pastayı kesecek Yılmaz. Herkes bir parça alacak. Böylece tatlıya bağlanacak bu iş."

Çocuğu çağırdılar. Bir bıçak verdiler eline. Dersliğin önünde şaşkın kalakalmıştı gene.

Öğretmen, "Yılmaz'ın çok güzel kapkara saçları var" dedi. "Kara saç da güzeldir çocuklar. Hepimiz istesek çıkarmaz mı acaba şapkasını?"

Mutluydu çocuk. İlk kez böyle derinden mutluydu. Bu barışın, bu uyumun bozulmasını istemiyordu. Şapkayı çıkarmazsa bunu yitireceğini sezdi. Çekip aldı başından.

Pastadan koca bir dilim kesti. Sonra dersliğin arkalarında oturan Peter'e götürdü. Peter şaşkın bakarak aldı pastayı.

"Çok etkileyici" diye mırıldandı psikolog.

Şapkası çantasındaydı. Okuldan Peter'le birlikte çıkmışlardı.

Yol boyunca konuşmadılar. İlk yabancı arkadaşıydı Peter. İçten içe birlikte yürümenin tadını çıkarıyordu. Arada bir kâkülü alnına dökülmüş bu sapsarı saçlı, sakin görünüşlü arkadaşına bakıyor, gülümsüyordu.

Eve gireceği zaman, "İstersen bize gel" dedi Peter.

"Olur" dedi çocuk.

Yanlarındaki evin beşinci katına çıktılar.

Peter anahtarla kapıyı açtı, "Gel" dedi.

Bir küçük sehpa duruyordu girişte. Üstünde telefon vardı.

Bir yabancının evine ilk kez giriyordu çocuk.

"Anne!" diye bağırdı Peter. "Biz geldik, arkadaşımla."

İçerden bir kadın sesi geldi:

"Kim arkadaşın?!"

"Yılmaz!"

"Kim?"

"Yılmaz, Türk."

Sonra içeriye gitti.

Yılmaz aynada kendine bakıyor, bekliyordu.

Peter, geldiğinde, "Annem yabancılarla oynamama izin vermiyor" dedi. "Yarın okulda görüşürüz."

Nene kucağından hızla itti çocuğu.

"Defol evimden gök gözlü gâvur!" dedi. Şaşırdı sarışın çocuk, inanamadı. "Defol dedim sana. Nasıl girersin sen Müslüman evine, mundar, defol!"

Elindeki değnekle çocuğun başına vuruyordu. Çocuk başını elleriyle koruyarak kaçtı.

Köyün içine düştü gene yalnız, gene yalnız, gene yalnız. Korkuyordu, çok korkuyordu. Sarı saçlıları seven yoktu burada.

Kimse ekmek vermeyecekti artık ona, kimse yaralarını sarmayacaktı, kimse bir daha "kınalı kuzum" diye sevmeyecekti.

O kara saçlılar, hain kara saçlılar bekliyorlardı şimdi. Sokaklarda kovalayacaklar, dövecekler, üstüne işeyecekler, köpeklere atacaklardı.

Korkuyordu, yapayalnızdı artık.

Boyacı şapkasını çantasından çıkardı. Hınçla başına geçirdi. Hem de saçının tek teli görünmemecesine...

Evine doğru yürüdü.

Bütün Kuşların Uykusu

Güneş tam tepedeydi. Kırık araba tekerleklerinin kerpiç duvarlara dayalı durduğu tozlu, uyuşmuş, güneşte taşları çatlayan yoldan geçip gitti. Ayakları toza batıyor, yüzü gözü sarı toz içinde kalıyordu. Köşe başlarında durup önüne arkasına bakarak, ürkmüş bir kedi gibi kayarcasına yürüdü: Ayakları yere basmaya korkarak, yüzü kasılıp kalmış, bedeni çelimsiz, gözlerinde bir ölümcül ürküntü...

Mahalle aralarına girdi. Dar sokaklarda gölgesi bahçe duvarlarından kaydı. Kerpiç duvarlı bahçelerin içindeki durgun ve dingin kuyuları, koruyucu ulu dutları, cevizleri, kış elmalarını, pelitleri, malta eriklerini, civcivlerini toplamış oradan oraya dolaşan kınalı tavukları görmeden biliyordu.

Ahşap evin kapısını çaldı. Kadın kapıyı açtı ve onu görür görmez kurşun yemiş gibi oldu, küle kesti yüzü. Başörtüsü, renk renk giysisiyle kapıda şöyle bir sallandı.

Tıp tıp tıp! İşte böyle; sabaha kadar sürecek sanılan, korkulu geceyi binlerce eşit aralığa bölen tıp tıpları hâlâ duyduğu, apartmanın bodrum katında boruların inleyişini dinlediği sırada, ampul yandığı halde, odanın karanlık olduğu duygusuna kapılmıştı. Karanlığın ortasında ampulün içindeki tel kıpkırmızı görünüyordu. Ne oldu, niye böyle oldu, diye düşünmüştü. Murat da oradaydı. Hiç şaşmadı onun orada oluşuna. "Ne oldu bizim gözlerimize amca, ne sürdüler, ne oldu böyle amca?" Banyoya gidip gözlerini yıkadılar, masmavi bir şey aktı. Mürekkep diye düşündü, sel gibi masmavi mürekkep aktı gözlerinden. Sonra bir korku geldi, yere düştü, yalnızdı, düştüğü yerde zemin değişmişti, tahta olmuştu. Bu beton değil miydi, beton değil miydi, diye sayıkladı. Birilerine bir şeyler yapıyorlar burada, bana bir şeyler yapacaklar! Çırpınmaya başladı. Kolunu yere koysa kolu eriyor, pelteleşiyordu, bacağını koysa bacağı. Kendini yerde fok balığı gibi debelenir buldu.

Sonra gece yırtıldı. Tıp tıpları bastıran, duyulmaz eden patlamalar ile kuru tıkırtıları keskinleştiren vınlamalar, hızlı metal ıslıkları, apartman aydınlığında yankılanan şakırtılarla yırtıldı.

Üzerlerine dikilmiş silahlara bakıyor, kıpırdayamadan duruyorlardı. Sabahattin yanında, uyku sersemliğini atamamış, kızarmış gözleriyle ürkmüş, bir çocuk gibi şaşkın, dehşete düşmüş, yollu pijamasının altı ile ince omuzlarına yapışmış beyaz bir atletle dikilip dururken ona bakamamanın, konuşamamanın acısına batmıştı. "Şimdi burada cinayet işlenecek!" Durmadan kafasında dönen buydu: "Şimdi burada iki cinayet işlenecek!" Bunu düşünecek zamanı bulmanın şaşkınlığıyla karşısındaki yüzlere bakıyordu. Elmacık kemikleri çıkık, çekik gözlü, kısa saçlısının elinde bir otomatik vardı. Yanındaki, on altı on yedi yaşlarında, kirli sarı saçlı, hastalıklı bakan, çimen yeşili gözlerine bir nefret oturmuş olanı, "Silahları da yok" dedi.

"Amma da saflık!" dedi öteki, güldü.

O, cinayet diye düşündü. Bir şey olmalı! Sabahattin'e bakamıyordu. Bir tek şeyi çok iyi biliyordu ki bu olayı konuşma fırsatı geçmeyecekti ellerine.

Yeşil gözlünün attığı tokat kulaktozuna geldi.

"İslam'ın şartı kaç?" diye fısıldadı yeşil gözlü. "İslam'ın şartı kaç, köpek?"

"Yere yatın!" dedi esmer olanı.

Yüzükoyun yere yattılar. Arkalarındaki nefret dolu, hastalıklı tutkularla esrimiş adamları görmeyecek şekilde, enseleri ve sırtları kasılarak yattılar.

Sabahattin'le bir kez daha konuşamayacağı geldi gene aklına, hiçbir pişmanlığı tartışamayacaklardı. Onu kaldırıp arkası dönük köşeye diktiklerinde de göz göze gelemediler.

Yeşil gözlü olanı, iltihaplı bir nefretle baktı ona: "Eşek cennetini boylayacaksın birazdan!" dedi.

Niye beni bu kadar öldürmek istiyor, diye düşündü. Tanımadığı genç bir adamın böyle nefretle, kendinden geçerek onu öldürmek istemesine inanamadı.

"Dönme!" diye bağırdı biri. Bir cismin vuruluşunu, hızlanan solukları duyuyor, gözlerinin önündeki duvara bakıyordu. Hırıltıları duymasıyla, bu dünyaya ait olmayan bir düşe karışmış gibi damarlarının yandığını, tüm gövdesinden bir şimşek yalazının geçtiğini anladı, döndü, Sabahattin'in göğsüne çökmüş siyah saçlının, elindeki teli sıktığını, kanırttığını gördü.

"Dönme!" diye bağırdı sarı saçlısı, silahı ona doğru salladı. Sabahattin'in çırpınan, havayı döven ayaklarının hızının kesildiği andı. Bağırmaya başladı. Kendi gırtlağından, daha önce hiç çıkmamış bir sesle bağırıyor, onlara doğru koşuyordu. Gözleri, yerde debelenen Sabahattin'deydi.

İlk çığlığında bir resim gibi dondu her şey, bir an asılı kaldı, sonra biçim değiştirip iç içe geçmeye başladı. Kırmızı bir kuyunun dibine doğru döne döne uçuyordu.

Kadının yüzünde sevinçler, acılar, kuşkular, tedirginlikler karmakarışık kanatlanıp geçtiler. Kapıda dikilmiş duran, hayalet gibi, ince, yaralı bakan çocuğu içeri aldı.

"İsmail yok" dedi.

"..."

"Akşamüstü gelir." Sonra, "Akşamüstü gelir" diye yineledi.

O sedire oturunca, kadın evin içinde koşturmaya başladı, yatak odasına, oturma odasına, en çok da mutfağa dalıp dalıp çıktı, fır döndü. Yemek dolu bir tepsi getirdi.

"Yemem" dedi.

"Ye biraz!"

"Sonra."

Kadın gene koşuşturmaya başladı.

Yeni gelen, köşede, konsolun üstünde duran gazeteyi aldı. Kadın bunu görünce ürktü, atılıp almak istedi gazeteyi. Öteki vermedi.

Delik deşik, akan kanı siyahlaşıp yerde koyulaşırken, öyle başka bir insan gibi, o değil de adı sanı bilinmeyen tanınmadık bir ceset gibi... Hastanede, kendi boğazına da teller sarıldığı, ağzına bastırılan bir şeylerle soluksuz bırakıldığı günlerde ne gazete ne haber, ne olayın yankıları ulaşmıştı ona. – Olayın yankıları! Bir şarkıcının takıları, ötekinin yanlış baskıdan kızarmış bacakları yanında, biri boğulmuş, soluksuz bırakılarak yok edilmiş, biri de kurşunlanmış iki gövde!

Kadın pencereden dışarı baktı geldi. Sonra yazılı kâğıtlar, karmakarışık notlarla dolu sarı defterler getirip bıraktı önüne.

"Bizdeyken" dedi, "hiç durmaz yazardı. Sana vermek için sakladım."

Genç çocuk defterleri eline almadı, uzun uzun seyretti onları, çığlık bile duymadığını anımsadı.

Akşamüstü mor bir alacakaranlık camlara yaslanır, odayı gölgelere boğarken, oturduğu yerden, kapının açıldığını, iri gövdesiyle İsmail'in ve onun elinden tutmuş Murat'ın içeri girdiklerini gördü. İsmail ışığı yaktıktan sonra, kucağına sıçrayan Murat onu öperken çocuktan yükselen bahçe, toprak, güneş, dizkapaklarına sürülmüş tentürdiyot kokusu keskin bir neşter gibi ikiye biçti yüreğini. "Tarihini bilmezsen arkadaş..." dediğini duyar gibi oldu onun, o güleç, hep güleç, yumuşak ve sevecen yüzüyle.

Sessizliğin bir cibinlik gibi üstlerine örtüldüğü yemekten sonra İsmail öksürdü. "Bu başlangıç" diye düşündü genç çocuk. Göz göze geldiler.

İsmail birden, "Anlat!" dedi. "Anlat, kurban olurum."

Çocuğun yüreği çarptı. Her şeyin bir girdabın en orta noktası gibi dipsiz bir durgunluğa battığı anı yaşadı.

"Anlat, kurban olduğum!" dedi İsmail.

Gözlerini onun gözlerinden kaçırdı, başını önüne eğdi, öyle karardı kaldı. Kadın ayakta dikilmiş, onlara bakıyordu.

"Anlat, kurban olurum sana!" dedi İsmail.

Başını kaldırıp yaralı gözlerle ona baktı, kadına baktı, çocuğa baktı. Gene sedire indirdi gözlerini.

"Bu, gazetede yazılanlar" dedi İsmail, "doğru mu bunlar? Böyle mi oldu?"

Gözlerini yere indiriyor, bakışlardan sakınıyordu. Odadan kaçmak ister gibi kıpırdandı, sonra yüzünden, ellerinden, boynundan ter fışkırdı.

"Nasıl oldu? Nasıl gafil avlandınız bu kadar?" diye sordu kadın.

Dili dişi kilitlenmişçesine can çekişir gibi kasıldı genç çocuk. Murat'a baktı.

"Çok uzakta" dedi, "şu dağların ardında bir köy varmış..." Çocuğun gözleri ışıldadı, gelip kucağına oturdu. Murat'ın ışıldayan gözlerine baktı, hırıltılı bir sesle, boşanarak anlatmaya koyuldu:

"Köyde bir çocuk, bir de anası yaşarmış. Çocuk hep dışarda oynar, eve gelmezmiş. Bir gün köyün içinde gezerken annesi çağırmış bunu, evin içinden seslenmiş. Kimi evden çağırsalar hepsi bir olur, o çocuğa; 'Adın okundu, adın okundu' derlermiş. Bu kez de çocuğa demişler: 'Ali, adın okundu, adın okundu!' 'Geliyorum' diye seslenmiş, koşa oynaya eve gelmiş, bakmış ki annesi hasta yatıyor. 'Ne oldun ana?' demiş, anası inlemiş. Şaşırmış çocuk, ne yapacağını bilememiş, küçükmüş daha. Gece geç vakit olmuş, çocuk yemeğini kendi yapıp yemiş, anası bir şey yememiş. Gecenin geç saatinde anasının inlemeleri artmış, demiş ki, 'Git bana Poyraz Emmini çağır.' Poyraz Emmisi köyün içinde, ölenlerin dualarını okur, namaz kıldırırmış, Poyraz Emmisinin evine giderken dereden geçermiş, dereyi geçtikten sonra da bir güdük it varmış. Küçükken kuyruğuyla kulaklarını kesmişlermiş iyi dövüşsün diye. Çok havlar, çok ısırırmış, çocuk çok korkarmış ondan, çok yavuz köpekmiş, boynunda toh demiri varmış..."

Odadakiler önce ona, sonra birbirlerine, sonra gene masalcıya bakıyorlardı.

"Kurban olurum, bizim de içimiz yanıyor! Kes artık şunu da..."

İsmail'in sözünü bitirmesini beklemedi, bakmadı da onlara.

"Çocuk korka korka yürümüş. Poyraz Emmisinin evine gelirken köpek havlamış, sesi gelmiş. Çocuk sesi duyunca yazıda deli gibi koşmaya başlamış, soluk soluğa kendisini Poyraz Emmisinin evine atmış. Poyraz Emmisi çıkıp köpeğe hoşt demiş, taş atıp kovmuş. 'Poyraz Emmi anam seni çağırıyor, çok kötüledi' demiş çocuk, 'kitabını da alıp gelecekmişsin Poyraz Emmi' demiş. İkisi yola çıkmışlar, Poyraz Emmisi kitabını almış, dereden geçip eve giderken köpek yanlarına gelememiş. Karanlıkta göz gözü görmezken Poyraz Emmisi bir çitile çarpmış."

Çocuk sordu: "Neye çarpmış?"

Oda sessizliğe gömülmüşken İsmail araya girmek istedi gene.

"Çitil" dedi aceleyle "ağacın küçüğü, fidan gibi..."

"Poyraz Emmisiyle eve gelmişler, anası orda inler dururmuş. Poyraz Emmisi, 'İyi olursun Ayşe, bir şey olmaz, korkma, iyi olursun' diye avutmuş anasını. Anası, 'Poyraz, ben gidiyorum' demiş, 'kitabı aç oku da dinimle imanımla gideyim.' Ölümden korkarmış. Poyraz Emmisi çocuğa para vermiş.

'Ananı hastaneye, kente götür, orada iyi olur' demiş. Köyün yanından maden kamyonları geçer, kente gidermiş. Evleri tepenin başında olduğundan, her geçen kamyonun ışığını görürlermiş, gece, taa gedikten yitene kadar. Çocuk oturup yolu gözlemiş. Biraz sonra iki ışık çıkıvermiş uzaktan, böcek gibi. 'Poyraz Emmii' diye bağırmış, 'gedikten çıktı kamyon, geliyor.' Poyraz Emmisi, 'Sen git kamyonu durdur' demiş ona, 'ben ananı alıp getireyim.' Anasını bir yorgana sarmış Poyraz Emmisi, taşımaya başlamış."

"Haydi Murat!" diye kadın araya girdi bu kez. Başıyla içeriyi işaret etti. Çocuk büzüldü kucağında. Masalcı hızlandı. Bir yere asılmış da onu oraya bağlayan ip sözcüklermiş gibi, arasını açmadan, arka arkaya ekleyerek anlatmayı sürdürdü. Ter fışkırıyordu koltuk altlarından, burnundan, gözlerinden, alnından ve her yerinden.

"Çocuk koşup yola çıkmış, yolun tam ortasında durmuş. Yokuş yukarı gelirmiş kamyon, orada durması zormuş ama çocuk o zaman bilememiş bunu. Kamyon tam önünde homurtuyla durmuş. Kamyondan bir adam inmiş, kızmış çocuğa, dövmek istemiş, meşin ceketi varmış, korkunç bir adammış. Adama, 'Anam çok hasta, hastaneye götüreceğim' demiş. 'Poyraz Emmim getiriyor anamı' demiş. Şoför bu kez kızmamış çocuğa. 'Gelsin' demiş, gülüvermiş. Poyraz Emmisi anasını kucağında getirmiş, yorgana sarılı, küçücükmüş anası. Kamyonun üstünde gece çok soğuk olurmuş, insan orada giderse donarmış, onun için öne oturmuşlar. Poyraz Emmisini yolda bırakmışlar Kamyon giderken çok sallarmış, yollar çok kötüymüş, anası öne arkaya sallanır dururmuş düşecekmiş gibi, çocuk çok korkarmış, tutarmış anasını. Anası inledikçe şoför emmisi kızar bağırırmış, 'Kes sesini!' diye, anası güç bela susarmış. Çocuk şoföre çok kızmış ama küçükmüş, elinden bir şey gelmezmiş. Kamyon gelmiş gelmiş, Eğribel diye bir yere varmış. Anasında ses soluk kesilivermiş, hiç kıpırdamaz olmuş. Çocuk sarsmış onu, 'Ana, ana!' demiş, bakmış ses yok, 'Şoför emmi ne yaparız, şoför emmi anam gitti' demiş, korkmuş. Anam ölürse ben bu dağda belde, anamın ölüsünü ne ederim, diye düşünür korkarmış. Sonra çok ağlamış. Şoförle tutmuşlar anasını kamyondan aşağı indirmişler. Ses soluk çıkmazmış anasından. Şoför emmisi, 'Sen burada bekle' demiş, madene giden kamyonlar gelecek şimdi, sen bekle, o kamyonlardan birine bindir ananı, köye götür gene" demiş. Kamyona binmiş. Çocuk anasını kucaklayıp yolun öte yanına çekerken bir de bakmış ki anası gözlerini açmış, su istemeye başlamış. Şoför tam gidecekmiş, çocuk koşmuş bağırmış, 'Anam uyandı!' diye. Yeniden kamyona koymuşlar, yola çıkmışlar. Anası sürekli su istermiş, su da yokmuş kamyonda. Gitmişler, gitmişler, Hatçanın Pınarı diye bir yer varmış, oraya gelmişler. Çocuk şoför emmisine yalvarmış. 'Dur da anama su içireyim' demiş. Anasını gene aşağı indirmişler, şoförle birlikte pınarın başına götürmüşler. Şoför, 'Sen su içir ben geliyorum' demiş, gitmiş, kamyona bindiği gibi sürmüş. Çocuk arkasından yola koşmuş, bağırmış, ama boşuna, arkasında iki kırmızı ışık yanarmış kamyonun, onlar yitene kadar bakmış. Elinde bir ip olsun da kamyonu çeke çeke getirsin istermiş. O ışıklar da yitince karanlık çok kocaman olmuş. Çocuk çevresine bakınmış, bir şey görememiş. 'Ana' diye pınarın oraya gidince ne görsün, anası gene gitmiş, ses soluk çıkmıyor. Pınardan su almış, anasının yüzüne serpmiş, tutup sarsalamış, 'Ana, ana!' demiş, hiç ses yok. Anasının bürgüsü kaymış, saçları dağılmış, yerde yatarmış öyle, saçlarını sıvazlamış onun. Sonra ay buluttan çıkmış. Çocuk, anasını saçları dağılmış yerde yatar görünce cadı sanmış, tanıyamamış. Kendini attığı gibi dere tepe koşmuş, çalılara dikenlere takılmış, durmadan koşmuş. Çok uzağa gidince durmuş. Ne yapacağını şaşırmış. Anasına gitmek istermiş ama cadı oradaysa, diye de çok korkarmış. Yavaş yavaş hiç ses etmeden geri gelmiş, anasını gene pınarın orada yatar bulmuş. Bakmış ki cadı değil, anası; yanına gelip bürgüsünü düzeltmiş. Zorla taşıya taşıya yukarı götürmüş. Cadı olmadığına, gene anasını bulduğuna sevinirmiş, arada bir dönüp dönüp bakarmış cadı mı, anası mı, diye. Götürdüğü yer bir tepeymiş. Anasını bırakmış oraya. Kan ter içinde soluklanmış. Birden tepeden aşağı yuvarlanıvermiş anası. Onu göremez olmuş, tepenin başında kalmış. Korkusundan aşağı inememiş. Uğultular gelirmiş her yerden, sesler duyarmış. Arkasında biri var gibi sıçrayıp döner, dönünce de bu kez öbür yanında biri var gibi gelirmiş. Anası aşağı yuvarlanınca dirildi sanmış, hortlak oldu sanmış. Benim anam hortlak oldu, diye düşünmüş. Kendini kaybetmiş. Koşmuş, dağlar arasına düşmüş, kurtlu kuşlu, böcekli tünelli dağlar, korkunç dağlar arasında karanlığa, 'Anaa, anaa!' diye bağırmaya başlamış. Sesi kocaman gelmiş kendine, kendi sesinden korkmuş. Korktukça daha çok bağırır, bağırdıkça daha çok korkarmış. 'Anaa, anaa!' diye bağırırken..."

Birden sustu. Kendini, sessizliğe batmış odada, "Anaa, anaa!" diye bağırır buldu. Murat'la İsmail yüzüne bakıyorlardı. Kadın koşarak mutfağa gitti.

"Kurban olduğum" dedi İsmail, "ben öleydim..."

Ampule çarpan pervanenin gölgesi döndü duvarda, sesi duyuldu.

Genç çocuk durmadan terliyordu. Gömleği sırılsıklam olmuş, lekelenmişti. İçerden kadının ağladığını duydular.

"Yaraların iyice kapandı mı?" diye sordu İsmail.

Genç çocuk, başka bir dünyadan, nerede olduğunu, karşısındakinin kim olduğunu, ne sorulduğunu bilmez, duymaz, anlamaz gibi uzak, bambaşka, tedirgin baktı, baktı, Murat'a döndü ve kısık, fısıldayan sesiyle: "Çok uzakta" dedi, "şu tünelli dağların ardında bir köy varmış, köyde de bir çocuk. Ve bütün kuşların uykusu o çocuğun gözüne akarmış..."

Dokuma İşçisi ile Şair

Çatı katındaki evinde büyük yazı masasının başına oturmuş düşünüyordu şair.

"Bu koşullarda ne kadar kaçabilir?" diye mırıldanıyordu bir yandan da. "Olanaklar tükenince zorlamalı. Ama yakalanması?.. O hiç olmaz! Yanlış bir son!"

Kalktı. Mutfaktan, yarısı içilmiş bir şişe şarap ile bir bardak getirdi. Masanın başına oturdu gene.

Yazılı sayfaları toparlayıp önüne koymuştu. Kâğıt tomarının üstünde tutuyordu elini, ayırmıyordu.

Arkasındaki kitaplığın alt gözünden bir tomar gazete aldı. Masanın üstüne yaydı. Son bir yılın önemli günlerine ait gazetelerdi bunlar. Ağır ve zalim bir baskının bütün izleri görülebiliyordu gazetelerde: Öldürülenler, polisler, ordu birlikleri, silahlar... Gazeteleri her okuyuşunda bir suçluluk duygusu uyanıyordu içinde. Kenarda seyirci kalmayı yakıştıramıyordu kendine.

Mutfaktan bir şişe şarap daha getirdi.

Salondaki eşyalar, daktilo, divan, akvaryum, masanın üstündeki bardak, nereden geldiği belli olmayan garip cisimler gibi görünmeye başlamışlardı. Resimler ile kopmuş kolları bacakları karıştırıyordu.

Gazeteleri kenara itip bir kâğıt çekti önüne şair. Şunları yazdı:

Çiçek kokularını duymak istemiyorum
kardeşim/aygın baygın leylaklar/
Sümbüller, akasyalar doluşmasın odama/
Biranın köpüğü dudaklarımı gıdıklamasın/
arkasından parlak serinliğini tatmayayım/
Yumuşak yataklara gömülmesin gövdem/
Bir dizeyle kanırmasın yüreğim/
Hışırtılı, yeni giysiler görmesin bedenim/
Bir kadının üstünde sarsılmayayım/
Yüreğim dolmasın sevecenlikle, bir dostun
karşısında/
Kuluncuna giren kurşunu duymak istiyorum
kardeşim/
Ve boynuna geçirilen halkayı boğazımda/
boyun kemiğini kıran ipi ve gövdenin
çelik soğukluğunu senin...

Yazdığı şeyi bir kez daha okuyacak gücü olmadığını düşündü.

Soluk yüzünü, titreyen dudaklarını gördü aynada. Gözleri kanlanmıştı.

Terasa çıktı. Yaz gecesiydi ama serindi gene de. Parmaklığın kıyısına gelip alnını yapıştırdı soğuk demire.

Biraz sonra kendini yatağa attığında, "Yakalanmamak, pis bir şey bu" diye bir düşünce dolaşıyordu kafasında. Bir işçi destanı, işçinin yakalanmasıyla bitemezdi, bitmemeliydi. Yakışık almazdı bu.

Sabah sürekli çalınan zille uyandı. Kapı uzun süredir çalınıyormuş da kendisi duymamış sanısına kapıldı. Gece, üstündekilerle olduğu gibi yattığını fark etti.

Zile sürekli basıyordu dışardaki.

"Geliyorum, geliyorum!" diye bağırdı.

Abdullah diye bir arkadaşıydı gelen. Yanında, tanımadığı genç biri vardı.

"Uyuyor muydun?"

"Gece geç vakte kadar çalıştım da" dedi.

Abdullah'la gelen, ancak yirmi yaşlarında gösteriyordu. Bir koltuğa ilişmiş, başını önüne eğmişti. Daha çok gecekondu çocuklarına benziyordu. Şair, tanıyamadığı gibi, bir anlam da verememişti bu gelişe.

"Siz biraz oturun" dedi.

Mutfakta elini yüzünü yıkadı.

Çay suyunu ocağın üstüne koyarken Abdullah girdi mutfağa.

"İş önemli arkadaş" dedi, yanında getirdiği çocuğu anlattı. "İki aydır arıyorlar. Gerçek adını bilmene gerek yok, neden aradıklarını da!"

Çocuğun, bir dokuma fabrikasında işçi olduğunu, iki aydır kaçak yaşadığını anlattı.

Şair, birden elindeki demlikle kalakaldı.

"İnanılmaz bir benzerlik, gerçekten inanılmaz..." diye söylendi.

Odaya geri döndüğünde genç çocuk hâlâ aynı durumda oturuyordu koltukta. Yitiverecek gibiydi.

Bilimdışı eğilimleri olan birine, "gizemli bir işaret" gibi görünebilirdi bu geliş. Şair, "Salt ilginç bir rastlantı" diye düşündü. Ama çok ilginçti.

O ilk günün akşamı, işçiyle –Zeynel'di adı– şair yalnızdı evde. Şair, yerinde duramıyor, mutfağa girip çıkıyor, salonu arşınlıyordu.

"Anlat bakalım arkadaş!" dedi birden.

Zeynel, kim olduğunu, işini, ana babasını anlattı. Tutuk konuşuyordu.

"Bir Levent vardı, sendikacı. Tanıyor musun?"

"Hayır" dedi şair.

"Onunla birlikte hazırladık grevi."

Şair, anlatılanları dinlerken oturduğu koltuktan kalkıyor, dolaşıyor, ikide birde gözlüğünü düzeltiyordu.

Konuk, şairin böyle kendinden geçip heyecanlandığını gördükçe daha ayrıntılı, ballandıra ballandıra anlatmaya başlamıştı.

"Bir süre burada kalırız" dedi şair. "Sen pek ortalarda görünme. Ben bakkaldan aldıklarımı artırmam, kuşkulanmasınlar diye... Başka yerlerden de alışveriş yaparım. Dikkatli olmak gerekiyor."

"Benim için sıkıntıya girme" dedi Zeynel.

"Yok canım" dedi. Sonra ekledi. "Ben yokken kapıyı açma kimseye."

Yemekte konuğun onuruna kadeh kaldırdı şair.

"Geldiğine çok sevindim işçi arkadaş, haydi onuruna!" gibi bir şeyler söyledi.

Sonra sürekli konuşmaya başladı. Son günlerde nasıl büyük bir tedirginliğe kapıldığını anlatıyordu. Zeynel'in davranışları ağırlaşıyordu içtikçe.

"Bu işkenceler, öldürmeler, insan beyni üzerinde dayanılmaz bir sancı yaratıyor" diyordu şair. "Geceleri sabahlara kadar işkence altındaki genç insanların çığlıklarını duyuyorum. Çalışamıyorum kaç gündür. Beynimi ökçeler eziyor sanki."

Başı dönüyordu Zeynel'in. Şairi bir görüyor bir yitiriyordu. Hiç yoktu içki alışkanlığı.

Şair de bir ara başını kolunun üstüne yasladı, öylece kaldı masada. Düşünüyor mu, uyuyor mu bilemedi konuk.

Ertesi gün Zeynel evde yalnız kaldı. Şair işe gitmişti.

Salondaki kitaplıkta çok kitap vardı. Onlara baktı. Altları çizilmiş, kenarlarına notlar düşülmüştü çoğunun. Dergiler yığılıydı. Bir dergide şairin şiirlerini gördü. "Adana'da şiirlerini okusaydım, biri de çıkıp şairin evinde saklanacağımı söyleseydi ne çok şaşırırdım" diye düşündü. Yeniden okudu şiirleri.

Balkon perdeleri açık olduğu için camlara pek yaklaşamıyordu. Sokağın karşısındaki apartmanlar pek yüksek değildi ama bitişik daireden biri terasa çıksa görürdü onu.

Alt kattakiler ile yandakileri kuşkulandırmamak için elden geldiğinde az gürültü yapmaya çalışıyordu.

Öğlene doğru telefon beş altı kez çaldı. Açmadı.

Öğleden sonra elinde kitapla uzanırken bir ara uyudu. Uyandığında kendi kendine, "Bu böyle günlerce sürerse ne olur benim durumum?" diye soruyordu.

Şair, soluk soluğa girdi kapıdan. Elindeki kesekâğıdını mutfağa bıraktı. Bir yandan da, "Durum kötü! Çok kötü!" diye söyleniyordu. "Bizim arkadaşları almışlar bugün. Bu sabah... Kimseyi bırakmıyorlar ortalıkta."

Salonu baştan başa arşınlıyordu.

"Bizim daireye gelmişler. Müdürden bilgi almışlar hakkımda. Çok kötü, çok! Her an gelebilirler."

Neden sonra Zeynel'e baktı.

"Sen ne yaptın bugün?"

"Kitaplara baktım. Biraz okudum. Öyle işte..."

"Canın sıkılmadı mı?"

"Sıkıldı ama..."

"Doğru, haklısın" dedi şair.

Zeynel sofrayı hazırlamak istedi. Şair durdurdu onu.

"Her an gelebilirler" dedi. "Bu kadar yakınımıza geldiklerini bilmiyordum. Bir şey yapmamız gerekiyor şimdi."

Zeynel bekledi.

"Eğer gelirlerse, kitapların çoğunu alırlar. Saklamamız gerekiyor. Kaptırmayalım. Saklayacağız şimdi."

"Nereye?"

"Paket yapıp filelerle apartman aydınlığına sarkıtalım."

"O kadar çok file var mı?"

"Hepsini saklamayacağız ki. Elli kitap kadar."

Kitapları seçmeye başladı. Salonda, kitaplığın yanına çökmüş, aceleyle kitap ayırıyordu. Zeynel de başında beklemekteydi. Kimi kitaplarda çok düşündü şair.

Sakıncalı diye ayrılan kitapları gazete kâğıtlarına sarıp paket yaptılar. Hela penceresinin hemen altına çaktıkları çivilere astılar fileleri.

Salona döndüklerinde şair bir kez daha gözden geçirdi kitapları. Masasının çekmecelerini açtı. Kendi yazılarını toparlamaya koyuldu. Konuşmadan, ses çıkarmadan çalışıyordu.

Topladığı kâğıtları gri bir dosyanın içine koydu. Çok çabuktu elleri. İkide bir kayıp düşen gözlüğünü düzeltiyor, apartman merdivenlerindeki ayak seslerini dinliyordu.

O, kâğıtları toplarken Zeynel mutfakta çay yaptı.

Çayı götürdüğünde, "Ha? Çay mı?" dedi şair. "Sağ ol! Sağ ol! Ben unutuyorum bu işleri."

Öyle telaşlı bir görünümü vardı ki, Zeynel şairin kendini de unutmuş olduğunu kavradı.

Masanın başında oturdular. Gri dosyayı açtı şair.

"Bütün çalışmalarımı saklamak zorundayım" dedi.

Bir kâğıt çekti dosyadan, uzun uzun baktı. Kendi kendine okur gibi mırıldandı:

Açtım yüreğimi,
Çakmaktaşı yalazlarından
Kanırtan bir hicran
Ve çeliklenen isyanla...

"Son günlerde başladığım bir şiirdi" diye açıkladı.

"Çok güzel" dedi Zeynel. Ama şair onu duymamış gibi dalgın dalgın kâğıda bakıyordu.

Tam o sırada ikisi de zil sesiyle sıçradılar. Hiç beklemiyorlardı. Merdivenlerde ayak sesi duymamışlardı.

Zeynel fısıltıyla, "Kâğıtlar!" dedi.

Şair aceleyle dosyayı toparlamaya çalıştı. Masanın kenarına çarptı. Bütün kâğıtlar dağıldı yere. Eğilip topladılar.

Zil iki kez daha çaldı.

Zeynel dosyayı alıp hela penceresinin dışına astıkları filenin içine koydu. Döndüğünde, şair yandaki odaya girmesini işaret ediyordu.

"Odaya, şu odaya... çabuk!" diye fısıldadı.

Odaya gitti Zeynel. Şairin kapıyı açtığını duydu.

Konuşmalar geldi kulağına.

Bir iki dakika geçmeden şair geldi odaya.

"Bir arkadaş geldi" dedi.

Gelen arkadaş çalışma masasının yanındaki koltukta oturuyordu. Fırça gibi bıyıkları olduğunu gördü Zeynel. Kırk yaşlarında gösteriyordu. Şair, "bir arkadaş" diye tanıttı Zeynel'i. Pek bir şey söylemedi. Gelen de sormadı.

"Nasıl olmuş bu iş?" diye sordu şair.

Seslerini alçaltmışlar, fısıl fısıl konuşuyorlardı. "Kapıyı kırıp dalmışlar içeriye. Bir düşün. Uyku sersemi, o kadar adamı yatak odanda görünce... Evi aramışlar. Üçünü de götürmüşler bir yere. Neresi olduğu belli değil."

"Çocuğu da mı?"

"Çocuğu da."

Şair üzüntüyle başını salladı.

"Nerede olduklarını bulamadınız mı?"

"Avukat Cemil, Emniyet'e gitti. Hiçbir şey söylememişler."

"İşkenceye mi aldılar çocukları dersin?"

"Öyle gibi."

Sustular. İkisinin de başı öne eğikti. Dokunsan ağlayacak gibiydiler.

"Ortalıkta adam bırakmayacaklar bu gidişle" dedi şair.

"Öyle görünüyor."

"Kitapları falan ne yaptın sen?"

"Bizim halanın evine götürdüm. Emekli albay evi... Kimin aklına gelecek?"

Arkadaşı, gece yasağı başlamadan dönmek istiyordu. Giderken, "Bir haber alırsam, ya telefon ederim ya uğrarım" dedi.

"Ama dikkatli konuş telefonda" diye uyardı şair.

Yalnız kaldıklarında büyük bir sıkıntı içine düştüler. İkisi de söyleyecek söz bulamıyordu. Her an kapının çalınıp silahlı adamların içeri dolabileceğini düşünüyordu şair. Bunun dışında hiçbir şey ilgisini çekmiyor, oyalamıyordu. Masanın başına oturdu. Bir şeyler çiziktirmeye başladı. Kalın gözlüğünün gölgesi düşüyordu yanaklarına. Zeynel de eline bir kitap aldı. Koltuğa oturup okumaya çalıştı ama tek sözcük anlamadı okuduklarından.

"Sürekli evde kapalı kalamazsın" dedi şair.

"Öyle" dedi.

"Bak ne diyeceğim. Senin saçlarını boyasak!"

"Niye?"

"Bakarsın biri tanır. Dışarı çıkarsan falan..."

Zeynel'e saçının boyanması çok ters geliyordu.

"Boyalı saç belli olur" dedi. "Sonra beni tanıyan da yok burada." "Ne kadar saçma şeyler geliyor aklına" diye düşündü. "Çocuk gibi."

Ertesi akşam Zeynel evde oturuyordu gene. Perdeler kapalı olmadığı için ışık yakmamıştı. Balkon kapısından, kararan gökyüzüne bakıyordu.

Anahtarın kilitte döndüğünü duydu. Şair fırtına gibi koşarak daldı içeriye. Merdivenleri çok hızlı çıkmış olacaktı. Soluk soluğaydı.

"Durum çok kötü! Çok kötü! Çok, çok kötü! Allah kahretsin!" Hiç durmadan konuşuyor, ellerini kollarını sallıyor, gözlüğünü çıkarıp takıyor, salonu arşınlıyordu.

"Nereye gitsen bir baskı, bir korku, bir yıldırma! Allah kahretsin. Elektrik parasını yatırmaya gittim bugün. Kuyrukta bekledim. Makbuzu kıza verdiğimde yüzüme tuhaf tuhaf baktı. Sonra, kâğıdı alıp arkadaşlarının yanına gitti. Konuştular. Kız beni gösterdi onlara. Sonra, başka servise gideceksin dediler. O servise gittim. Kuyruk vardı. Beklerken burada bir gariplik var, çıkayım diye düşündüm. Çıktım kuyruktan. Tam kapıya giderken biri dokundu omzuma. "Beyefendi! Beyefendi!" diye seslendi. Polisler geldi sandım. Karşıdaki camlı kapıya atılsam kurtulabilir miyim, diye düşündüm. Odacı bir tomar kâğıt uzattı bana. "Bunları düşürdünüz" dedi. Kâğıtları alıp hızla uzaklaştım oradan. Bir gariplik vardı. Polise telefon ettiler. Odacı oyalamak istedi beni."

Yüzü kızarmıştı şairin. Ya da aşırı heyecanlı olduğu için öyle görünüyordu karşısındakine. Soluk soluğaydı ama fısıltıyla anlatmaya çalışıyordu.

"Seni kimse görmedi ya arkadaş?"

"Yok... Bir iki kez telefon çaldı, açmadım."

"Kimdi acaba?" Kuşkuyla baktı Zeynel'in yüzüne.

O gece şair, uykuyla uyanıklık arasında, yarım bıraktığı işçi destanını anımsadı. Zeynel geldi geleli düşünmemişti, olaylar alıp götürüyordu onu. Ters bir iş aklına gelmiş gibi bir tedirginlik kapladı içini. Bu tedirginliğe anlam veremedi. Destanı unuttuğu için miydi, yoksa günlük korkuların ağır basmasından mıydı, neydi? Ama içindeki duygu bir terslik olduğunu gösteriyordu.

Yataktan kalktı. Salona geçti sessizce. Camlardan vuran ışıkta Zeynel'i gördü. Yorganı savurmuştu. İki büklüm kıvrılmış, dizlerini karnına çekmiş uyuyordu. Şairi kaç gecedir tedirgin eden horultusu bütün evi dolduruyordu. "Nasıl çıkarabiliyor bu gürültüyü?" diye düşündü. Kaç gecedir, adam boğazlanıyormuş gibi sesler duyarak uyanıyordu.

Zeynel, ortaokul çocuğu gibi göründü şairin gözüne. Öyle küçük ve savunmasız...

"Acaba bana yalan mı söylediler?" sorusu ilk kez takıldı aklına. "Yoksa bu çocuk o işlere karışmadı mı? Başka biri mi?"

İçini saran hoşnutsuzluk yarım bıraktığı destandan mı ileri geliyordu, yoksa divanda kıvrılmış yatan şu çocuk muydu nedeni? Bir yanlışlık olduğunu düşündü. Ya destanda ya Zeynel'de...

O sırada uyandı konuk. Odanın ortasındaki gölgeyi gördü.

"Uyuyamadın mı abi?" dedi.

Zeynel'den ilk kez duyduğu "abi" sözcüğü sevindirdi şairi. Ve o anda yanlışlığın Zeynel'de olduğuna karar verdi.

Şairin evine geleli bir haftayı buluyordu. Gündüzleri yalnız başına evde oturuyordu Zeynel. Yapacak hiçbir işi yoktu. Akşama dek şairin kitaplığında kalan kitapları karıştırıyordu. Kimi zaman, kitapları açarken birinin içinden daktiloyla ya da elle yazılmış birkaç sayfa düşüveriyordu. Şiir çalışmaları, yazı denemeleriydi bunlar.

Her akşam yiyecek paketiyle eve geliyordu şair. Zeynel sofrayı hazırlıyordu. Radyoyu açıp haberleri dinliyorlardı. Her gün daha korkutucu oluyordu durum. Zeynel radyoyu açmaktan korkar olmuştu. Şair de dinledikten sonra çırpınıyor, dolaşıyordu, suyun altında kalmış da soluk alamıyormuş gibiydi.

Bir akşam geldiğinde her günküne benzemeyen bir hava vardı üstünde. Rengi sarıydı. Titriyor ya da sayıklıyor gibi göründü Zeynel'e, ama hiçbirini yapmıyordu bunların. Elindeki peynir paketiyle ekmeği masanın üstüne bıraktı yavaşça. Hareketleri ağırdı, ama birden fırlayıp bir şeyler yapacakmış gibiydi.

"Bir şey mi oldu?" Çekinerek sordu Zeynel.

"Evet, evet! Biraz önce geldim. Bakkala girerken uzun, siyah bir arabanın geçtiğini gördüm. Üstünde telsiz vardı. İki adam duruyordu bakkalın orada. Geçerken işaretleştiler. Olduğu gibi gördüm. Sonra bakkala girdiğimde o iki adam da girdi. Bozuntuya vermemeye çalıştım. O iki adam bakkalla konuşmaya başladı. Ben çıktıktan sonra oldu bu. Ama gördüm. Beni gösteriyorlardı. Sonra bakkalın eliyle bizim evi işaret ettiğini gördüm."

"Tam bizim evi mi? Burayı mı?"

"Evet. Sen bugün çıktın mı? Kimse gördü mü seni?"

"Hayır. Her günkü gibi."

"Peki, kapıcı?"

"Kapıcı da. Çıkmadım ki!"

"Herkes ödül almak için... Para için... İhbar ihbar üstüne. Bizim bu apartmanda da bir emekli yarbay var. Apartman yöneticisi... Yani..."

Kuşkuyla gözlerini Zeynel'in yüzüne dikmişti.

"Kimse görmedi, inan ki görmedi!"

Bu ara merdivende gürültüler duyuldu. Birkaç kişi yukarı çıkıyordu. Koşup kapının arkasına gitti şair, kulağını dayadı. Zeynel de yanındaydı. Ses çıkarmadan dinlediler. Ayak sesleri onlara doğru yaklaştı. Gözden baktı Zeynel. Bir adam ile iki kadının girdiğini gördü karşı daireye.

Eliyle, korkma anlamında işaret etti şaire.

Yemekten sonra Zeynel kitap karıştırıyordu salonda. Şair de masanın başına oturmuş, kâğıtlara desenler çiziyordu. Sinirli, gergin bir hava vardı. Zeynel şairin her an patlamak üzere olduğunu seziyor, sesini çıkarmıyordu. Kuşkularını yatıştırmak için de bir şey söylemeyecekti. "Koca adam yahu! Ayıp artık!" diye geçiyordu kafasından.

Bir ara şairin bir şey söylemek üzere olduğunu sezdi. Kitaptan başını kaldırıp baktı yüzüne. Şair duraklayarak:

"Şu bizim kitaplar, sakladığımız kitaplar..." dedi.

"Ne olmuş onlara?"

"Sağlam bir yer değil orası. Çocukluk ettik. Orada bulamazlar mı kitapları. İlk bakacakları yer orası."

"Nereye kaldıralım öyleyse?"

Birden tıslar gibi, "Yakalım!" dedi şair. "Gelince nasıl olsa almayacaklar mı? O zaman onlar yakacak. Herkes yakıyor, bütün arkadaşlar, herkes! Ne yapayım? Ne yapayım yahu? Ben ister miyim kitaplarımı yakmayı? Şair adam kitap yakar mı? Ne yapayım?"

İkisi birden hırsız gibi sessizce helaya gidip fileleri çıkardılar. Banyo sobasını yaktı şair.

Banyo çok dardı, kurnanın yanına betona çömelmişlerdi. Sobadaki alevin kızıllığı vuruyordu yüzlerine.

Che Guevara'nın bir kitabından başladılar yakmaya. Kitap olduğu gibi atılsa yanmazdı. Önce kitabın kapağını yırtıyorlar, sonra beşer onar sayfa tutup dikiş yerlerinden ayırıyorlardı. İpli olanları zor ayırdılar.

Ağır yanıyordu kitaplar, işleri uzundu. Şair bir ara mutfaktan büyükçe bir tencere getirdi. Onun içinde de yakmaya çalıştılar ama çok is oldu. Dumandan boğulacak hale geldiler.

Kitap sayfaları, kenarlardan başlıyordu yanmaya. Kenarlar kıvrılıp kararırken Zeynel ortada kalan kızıllaşmış yazıları okuyordu farkında olmadan. Alev alttan sarıyordu sayfayı, yalayıp yutuyordu. Sucuk gibi terlemişti ikisi de. Birbirlerine hiç bakmadan kitapları yırtıyorlardı.

Kitaplar bitmek üzereyken telefon çaldı. Salona gitti şair. Zeynel, kalan kitapları tek başına yırttı, attı sobaya. Ortada, naylonlardan başka bir şey kalmadı. Toplayıp içeri götürdü onları da.

Şair gene masanın başındaydı. Geçerken, şairin önündeki kâğıtlara baktı Zeynel. Kâğıtlar, anlamsız biçimlerle, çizgilerle dolmuştu.

Perdeleri sımsıkı örtülüydü salonun. Şair, gözlerini dikip uzun uzun Zeynel'e baktı.

"Çok mu ayıp buluyorsun yaptığımızı?" dedi. Saldırgan bir ton vardı sesinde.

"Ayıp değil! Niye ayıp olsun! Bana mı ait sorumluluğu? İnsanım ben yahu! İnsanım, şairim. Devrimci makineler mi var her acıya dayanacak! İnsanım ben!"

Sayıklar gibi konuşmaya başlamıştı gene. Karşısında büyük bir kalabalık var da onlarla tartışıyor gibiydi.

"Bak! Kaç gündür tek satır yazabiliyor muyum? Böyle bir ortamda! Şiir iç denge ister. Tek tek kişilerle değil, kitleyle uğraşmaktır şiirin işi."

Konuştukça sesi yükseliyor, söylev havasına giriyordu. Yüzü kıpkırmızı olmuştu.

"Koca adam! Koca adam!" diye geçiriyordu Zeynel içinden yine. "Bu ne korku, ne gevezelik böyle?"

Artık her gün, her saniye kalın gözlüklerin arkasında kuşkuyla kımıldayan gözlere, durmadan söylenip her davranışını eleştiren şaire katlanamayacağını düşünüyordu.

"Hayattan ve kalbimden bütün izlenimleri süzüp bir damla gibi dökmeliyim, anlıyor musun? Kitleleri aydınlatacak, harekete geçirecek kavga şiiri... Gerçek şiir! Yazamıyorum. Bugün, bu yaşadığımız gün fazla etki yapıyor. Bugünü fazla yaşadın mı yazamazsın. Olaylara ve kendime uzaktan bakabilmeliyim. Hatta sana da, sana da... Bir kavganın, bir mücadelenin, çiçek açan hayatın dilidir şiir. Kavganın içinde bir nabız gibi atar ve yüceltir onu. Yevtuşenko'yu biliyor musun, alanlarda okuduğu şiirleri?"

Zeynel, başıyla bilmiyorum işareti yaptı. Şairin davranışları karşısında gittikçe şaşkınlığı artıyor, sesini çıkarmadan izlemekle yetiniyordu.

"Günlük heyecanlarla uğraşamam ki ben" dedi şair. "Bin kişinin dili olarak bin kişiyle, on bin kişiyle uğraşmalıyım. Hareket, şairine bu özgürlüğü vermeli... Silah elde dolaşan çocuklar... Tamam, sözüm yok ama... Tek tek kavga ediyorlar. Onlarla benim görevim bir değil ki. Benim şiirim halklar çapında kavgaya girişiyor."

Şairin evine gelişinin onuncu gününde radyo, arananlar listesinde Zeynel'in de adını okudu. Yirmi beş kişilik bir listenin içindeydi.

Akşam haberlerini dinlerken oldu bu. Tek tek ad okunmaya başlayınca dikkat kesilmişlerdi. Birden Zeynel'in adı okununca irkildiler. Zeynel, arananın kendisiyle aynı kişi olduğuna inanamamış gibiydi. Daha önce de radyoda okunmuştu adı, biliyordu ama kendisi ilk kez duyuyordu.

Şair kıpırtısızdı. Bir süre ikisi de ses çıkaramadı. Sonra şair, "Ne yapacağız?" diye sordu.

Zeynel yanıtlamadı soruyu. Şair kalktı gene, sonu gelmez voltalarına başladı. Büyük bir yük altında ezilmiş gibi omuzları çökmüştü. Son günlerde bu voltalara bakamıyordu Zeynel, başı dönüyordu. "Adam dediğin ya oturur, ya kalkar, böyle evin içinde dolaş da dolaş ne oluyor?" diyordu ama söyleyemiyordu şaire. "Onun istediğini söyleme hakkı var, benim yok" diye geçiyordu aklından.

Bir akşam önce yemek yerlerken şair birkaç kez yüzüne bakmış sonra çatalı masanın üstüne atarak, "Yahu arkadaş Allah aşkına şapırdatma şu ağzını" demişti. Kıpkırmızı olmuştu Zeynel.

Şair balkon kapısını açıp çıktı. Bir serinlik yayıldı içeriye. Zeynel günlerdir içerde kapalı kalmaktan bunalmıştı. Serin havayı içine çekti. Akasya kokuları geldi.

Fazla duramadı içerde, terasa çıktı o da. Gece havası birden çarptı. Ömründe bu kadar tatlı bir hava görmemişti; ılık, tül gibi sarıyordu her yanını.

Şair, demir korkuluğa yaslanmış bakıyordu. Yanına gitti Zeynel.

"Sen... Sen niye çıktın?"

"Gece. Kim görecek? Karanlık." Çocuk gibi yalvaracaktı az daha. "Duramadım içerde."

Ev, tenha bir sokaktaydı. Yanda ışıklı, geniş bir caddeye bağlanıyordu sokak. İkisi birden bir süre caddeye baktılar. Bir asker arabası geçti. Şair alçak sesle:

"Hep araba, hep asker, hep silah, öldürme, kan!" dedi. "Sokakta yürüyorsun, karşıdan karşıya geçiyorsun, dükkâna giriyorsun. Her taraf polis dolu, asker dolu; kol geziyorlar. Soluk alamaz oldum bugün. Bir oraya vurdum bir buraya. Bütün solcuların evlerini arayacaklarmış. Herkes bunu konuşuyor. Geçenki arama gibi. Ne biçim mücadeledir, ne biçim kavgadır bu! Örgütsüz, darmadağın. Sen benim evime geliyorsun, ben senin evine. Çocuk oyuncağı gibi. Bütün solcular birbirlerinin evinde yakalanıyor."

Zeynel, o anda yalnızca şairin susmasını istiyordu. Hava sarhoş etmişti onu. Her şey öyle güzel, öyle rahat, öyle köklü bir uyum içindeydi ki... Şairin sözlerine artık önem vermediğini fark etti. Dinlemiyordu. Nasıl olmuştu bu değişiklik? Bilmiyordu ama her gün aynı sözleri dinlemekten bıkmıştı.

"Baştan düşünmek gerekirdi bu işi. Uzun süreli mücadele, halkların mücadelesi kolay değil. Geçen yıl yazmıştım ben, faşizmi azgınlaştırmamak gerek diye. Ama bize sormadı kimse."

İçerden sigara getirdi Zeynel. Bir tane yaktı, havaya savurdu dumanını. Aldırmıyordu o anda, hiçbir şeye aldırmıyordu. Hava, serinlik, kokular, doyulamayacak kadar güzel geliyordu.

Yandaki terastan bir kapı gıcırtısı duydular birden. Şair irkildi. Kapıdan genç bir kızın çıktığını gördü Zeynel. Onları hiç görmemiş gibi korkuluğa yürüdü, kollarını dayadı.

Zeynel istemeye istemeye gitti içeri. Salonun duvarları üstüne geliyordu. Bin kez baktığı kitaplara bir kez daha bakamayacaktı.

Kapıya doğru atıldı. Apartman merdivenlerini üçer beşer atlayarak indi. Ağırlaştı sokağa çıkınca. Koşmadı. Cadde boyunca yürümeye kaptırdı kendini. Bir de sigara yaktı.

Yürüye yürüye park gibi bir yere geldiğini fark etti. Karanlıktı. Gidip oturdu bir bankın üzerine. Bank nemliydi. Çam ağaçları vardı arkada.

Gece yasağı başlamadan önce döndü eve. Merdivenleri sessizce çıktı. Kimse görmedi kendisini.

Kapının önünde bir süre bekledi. Zili çaldı sonra. Şair açtı kapıyı.

"Ooo merhaba!" dedi. Sesi boğuklaşmıştı.

"Kusura bakma, çok bunaldım da..."

"Zarar yok!"

"Sana haber veremedim."

"Olsun."

"Birden böyle nasıl olduysa..."

Davranışlarından, şairin bu konuyu pek deşmek niyetinde olmadığını anladı. Işığı söndürüp yattılar.

Zeynel'i yattığı yerde bir üzüntü kapladı. Çok yanlış şeyler yapmış gibi bir duygu uyandı içinde.

Uzun süre uyku tutmadı. İçerden şairin düzensiz soluklarını, yatakta kendini oradan oraya savurmalarını duyuyordu.

Köşedeki akvaryuma takıldı gözleri. Zayıf, yeşil bir ışık yanıyordu içinde. Uykuyla uyanıklık arasının karışık görüntülerine daldı. Annesini gördü. Evin önüne bulaşık suyu döküyordu. Levent'in portakal sandığına oturuşu... Seslerini duyar gibi oldu. Dağıldı uykulu hali.

"Belki de birazdan gelip burayı basarlar" diye düşündü. "Radyoda adım okundu, çok önemli. Belki de şimdi geliyorlardır, kapıdalardır... Şair de hep bunu düşünüyor, biliyorum. Yakalanırsam döverler biliyorum, işkence, çok işkence... elektrik..."

Gene dalar gibi oldu. Bu kez iki tekerlekli bisiklete binmişti. Derenin kenarındaki şeritten sürüyordu bisikleti. Derenin içine doğru uçtu.

Uykusundan zil sesleriyle fırladı. Evin her yanında ziller çalıyor gibiydi. Ne olduğunu anlayamadı. Şairin odasına koştu. Yatağında oturuyordu şair. Elinde bir çalar saat vardı. Zeynel içeri girdiğinde hâlâ çalıyordu saat. Zeynel saati aldı, basıp susturdu. Şair korkulu bir düşte gibi baktı Zeynel'e. Yavaş yavaş tanıdı. Saate baktı, odaya göz gezdirdi. Tam olarak kendine geldiğini gördü Zeynel. Bir şey demeden çıktı, yatağına gitti.

Artık eski günler gelmiyordu aklına. Şairi düşünüyordu. Aradan çok geçmeden odada şairin gölgesini gördü. Akvaryuma doğru uzanıyordu.

Gözlerini kapatıp bekledi.

"Arkadaş!"

Fısıltı gibi geliyordu ses. Gözlerini açtı.

Şair akvaryumun yanında oturuyordu. Gözlükleri yoktu. Yandan vuran yeşil akvaryum ışığında, uzamış, ölü yüzü gibi sarkmıştı yüzü...

"Yarın sabah olmayacak, şimdi söylemem gerek..."

Biraz durdu. Tıkanır gibi konuşmaya başladı gene.

"Şimdi... Şu anda söylemezsem olmayacak. Nasıl anlatacağım bilmiyorum ama... ama... sen buradan git arkadaş. Buradan git! İstersen ben gideyim. Evi, cebimdeki bütün parayı sana bırakayım. Ya da sen git!"

Ayağa kalktı. Gövdesi daha da uzadı salonda. Çıkmak üzereyken dönüp Zeynel'in yanma geldi. Elini tuttu.

"Benim için alçak diye düşüneceksin biliyorum, daha korkağı, daha alçağı olmaz diyeceksin. Ama ben istemedim, ben başlamadım. Alçak diye düşün, hain diye düşün, tek buradan git arkadaş!"

"Peki" dedi Zeynel. "Sabah giderim. Merak etme."

Bir Arpa Boyu

Berat Koza 22 Nisan 1972 günü Sirkeci tren istasyonuna geldiğinde büyük saat 04.45'i gösteriyordu. Kalabalıktı istasyon. Yolcular aceleyle oradan oraya koşuyorlardı. Kalabalıkla birlikte sürüklenmeye başladı.

Göze çarpan, ilgi çeken bir görünüşü yoktu Berat Koza'nın. Ortadan biraz daha uzunca, çok zayıf, hiçbir yerde dikkat çekmeyen tiplerdendi. Bir alanda, istasyonda, köşebaşında beklerken görüldüğünde, sanki çok eskiden oraya yerleştirilmiş, o görüntüyü tamamlayan bir eşyaymış gibi dikkat etmeden geçilirdi. Sivri bir çeneyle biten zayıf yüzünde hem zeki, hem aptal, hem durgun, hem canlı her türlü anlatıma rastlanabilirdi. Ömrü boyunca en çok yararını gördüğü şey bu olmuştur.

Elindeki eski valizle bir odaya girdi. İçerisi loştu. İki memur eşyalara bakıyor, "Geçebilir" dediklerine tebeşirle işaret koyuyorlardı. Berat Koza'nın önündeki birkaç adamın valizini, ellerini daldırıp hoyratça mıncıkladılar. Berat, kendi valizine de öyle yapacaklar sandı ama yapmadılar. Üstünkörü baktılar şöyle. İşaret konur konmaz bir hamal yapıştı valizin sapına, götürmeye başladı. O da ister istemez hamalın peşine takıldı. Biraz da işine gelmiş olmalıydı bu. Çünkü nereye gideceğini, nasıl davranacağını tam olarak bilemiyordu. Yanlış bir iş yapmaktan korkuyordu. Haksız da değildi pek. Yanlış bir davranış oldukça pahalıya patlayabilirdi.

Hamalın arkasından trenin son vagonlarına doğru yürürken telaşlı ve tedirgin görünüyordu.

"Henüz iş işten geçmedi. Son dakikada..." sözleri dolaşıp duruyordu kafasında.

Ama geri dönecek gücü bulamadı. O trene binmesi gerekiyordu.

Valiziyle birlikte yerine yerleştikten sonra hamalın bahşişini verip gönderdi. Cam kenarı, ikinci mevki koltukta otururken sıradan bir gezgini andırıyordu Berat Koza. Hiç de karışık işlere girmiş bir görünüşü yoktu. İşe tam olarak giriştiğini, artık dönüşü olmadığını düşünüyordu. Bunu düşünmek yatıştırmıştı onu.

Berat Koza'nın oturduğu kompartımanda iki kişi daha vardı. Biri, otuz-otuz beş yaşlarında gösteren, kısa ama düzgün kesilmiş saçları ve yakışıklılığıyla göze çarpan bir adamdı, iyi giyinmişti. Görür görmez "İstanbullu" diye düşündürüyordu.

Onun karşısında koyu renk giyimli, bıyıklı, orta yaşlı bir adam oturuyordu. Kahverengi takım elbisesinin pantolonu bacaklarının inceliğini saklayamıyordu. Avurtları birbirine geçmişti. Durmadan sigara içiyor, kaçamak bakışlarla yanındakileri süzüyordu. "Almanya'ya giden işçilerden biri olabilir" diye düşündü Berat Koza.

Tren yola çıktıktan sonra birer kart dağıttılar yolculara. Berat, cebinden tükenmez kalemini çıkarıp doldurmaya girişti. Adı soyadı bölümüne Mustafa Acar yazdı.

Yanındaki iki adam arada bir konuşuyorlardı. Onunla da konuşmak istediler, bir iki sözle geçiştirdi. Pasaport denetimi için polis gelene dek öylece oturdu. Polis, önce, Almanya işçisi sandığı adamın pasaportunu damgaladı. Sonra "İstanbullu"nunkini aldı. Sıra kendisine gelince hiç renk vermeden uzattı pasaportu. Dış görünüşü sakin ve güvenliydi. Polis, pasaportu şöyle bir karıştırdı. Pek incelemeden damgalayıp geri verdi.

"En önemli işi atlattık" diye düşündü Berat Koza. "Başka kontrol yapılmasa bari!"

Hava kararınca "İstanbullu" kalkıp yukardan bir çanta indirdi. İçinden türlü yiyecekler çıkarıp koltuğa yayarken, "Buyurun, birlikte yiyelim" dedi. Almanya işçisi de çantasına davrandı. Berat'ın valizinde kendisine yetecek kadar yiyecek ve bir kolonya bidonuna doldurulmuş su vardı. Tren lokantaları pahalı olur diye düşündüğü için üç günlük yiyecek almıştı yanına. O da valizindekileri yayınca ortaya zengin bir sofra çıktı. Haşlanmış tavuk, kuru köfte, katı yumurta, turşu, tuz, peynir, zeytin... Gazete kâğıdı üstüne yayılmıştı hepsi de.

Birlikte yediler. Bir ara Almanya işçisi, "Adını bağışla arkadaş" dedi. "Mustafa" dedi Berat, hiç duraksamadan. Almanya işçisinin adı Ahmet'ti. Hamburg'a akrabalarının yanına gidiyordu. Samsun'da terzilik yaptığını anlattı. Ağlar gibi konuşuyor, sanki kendine acındırmak istiyordu. "Geçinemiyoruz" dedi. Akrabalarından on altı kişi Hamburg'da çalışıyordu. Hepsi büyücek bir evde oturuyorlardı. "Onları görüp bir ay sonra döneceğim" dedi. Ama Ahmet'in Almanya'ya işçi olmaya gittiğini anladı Berat Koza. İstanbullu da anlamıştı. "Bakalım, bizimkileri göreceğiz, sınırdan içeri koyarlarsa" diye bağladı sözünü terzi Ahmet.

"Onun da derdi Almanya sınırı" diye düşündü Berat.

Öteki adam gerçekten İstanbullu'ydu. Bir bankada müdür yardımcısıydı. Yıllık iznini Almanya'da arkadaşlarının yanında geçirecekti. Dil bildiği için Almanya sınırından çekinmediğini, nasıl olsa derdini anlatıp girebileceğini söyledi. Durmadan elini kolunu sallıyordu konuşurken. Küçüklüğünden beri spor yapanlara özgü bir diriliği, çevikliği vardı.

Yemekten sonra İstanbullu'nun çıkardığı armutları yediler.

Tren Bulgaristan sınırına yaklaştıkça tedirginliği artıyordu Berat Koza'nın. Sınırda, yeni baştan büyük arama yapılacak sanıyordu. Kimseye de soramıyordu ne olacağını.

Kalkıp tuvalete gitti. Bütün kompartımanlara baktı geçerken. Lambaların altında ya kâğıt oynuyorlar ya yemek yiyorlar ya konuşuyorlardı. Tanıdık kimseyi göremedi.

Tuvalette aynaya baktı. Yabancı birine bakar gibi baktı kendine. Hiç de düşündüğü gibi olup bitmiyordu işler. Yurt içinde sıradan bir yolculuğa benziyordu şimdilik.

"Bakalım ne olacak?" dedi.

Tuvaletten dönerken yaşlı bir adamla karşılaştı. Kırçıl saçlı, elli yaşlarında, yüzü de saçları gibi bembeyaz bir adamdı. Kenara çekilip yol verdi Berat Koza'ya. Yüzüne bakmadı. Geçtikten sonra adam takıldı aklına. Bir yerden tanıyor gibiydi. Kompartımanda oturup düşündü kim olabileceğini. Ya tanıyordu adamı ya da tanıdığı birine çok benzetiyordu. Ama benzerlikten öte bir şeydi bu. Adamın yüzünü görmüştü. Emindi buna. Benzetmek olamazdı.

Berat Koza camdan dışarı bakarak adamı düşünürken İstanbullu ile Almanya işçisi de hikâyeler anlatıyorlardı birbirlerine. Mustafa'nın suskun biri olduğuna karar vermişlerdi.

Adamı üç yıl önce tanımıştı Berat Koza. Polis nezaretinin sidik kokulu bodrum müteferrikasında, balık istifi gibi üst üste yatarken demir kapıyı açıp içeri atmışlardı toz yüzlü adamı. Geldiğinde korku içindeydi. Sağcı kitaplar satan bir dükkân sahibiydi.

Dükkânın yanındaki evde bir yüzbaşı otururmuş. Yüzbaşının karısı dükkânın önünden her geçişte, adam kadının yolunu keser, "Senin bu güzel kolların, bu çıplak kolların cehennemde yanacak yarın" dermiş. "Senin bu güzel dudakların, bu güzel, bu rujlu dudakların!.." Önceleri aldırmamış kadın. Bir dayanmış, iki dayanmış, sonunda kocasına anlatmış olduğu gibi. Hemen o gün adamı dükkândan alıp emniyetin müteferrikasına atmışlar.

Beton hücrede yirmiden çok adam vardı. Çoğu da yürüyüş olayından getirilenler, yani Berat Koza ve arkadaşlarıydı. Adam, komünistlerin arasına düştüm, diye çok korktu geldiğinde. Kendisini öldürecekler sanıyordu. Bir köşe seçti kuytulukta. Çömelip dizlerini kollarıyla sardı. Baykuş gibi oturdu saatlerce. Soruları gönülsüzce yanıtlıyor, ama yüzbaşının karısından hiç söz açmıyordu. "Sebep olanlar Allah'tan bulsun. Ben bir şey yapmadım. Biz hepimiz kardeşiz, değil mi kardeşler? Neymiş bu sağcı, solcu? Hepimiz kardeşiz" diyordu.

Berat Koza, hücrede adama en yumuşak davranan kişiydi. Ertesi sabah ikinci şubeden memurlar inip bir iki hırsız, yankesiciyle birlikte onu da falakaya götürürken titreye titreye Berat'ın ellerine sarıldı. "Hakkını helal et! Hakkını helal et!" dedi. Berat üzüldü adamın korkmasına.

Akşam getirip attılar içeriye. Ayakları davul gibi şişmiş, üç misli olmuştu. Berat Koza, öğleden sonra aldırdıkları yiyecekten peynir, ekmek, domates verdi adama. Yiyemedi. Kıvrılıp yatıyor, arada biri ayağına değse çığlığı basıyordu.

Geceyarısı omzu sarsılarak uyandırıldı Berat Koza. Adam üstüne eğilmişti. Herkes uyuyordu. Tavana yakın küçük pencereden hafif bir ışık düşüyordu adamın yüzüne. Gözleri büyümüş, yüzü kasılmıştı.

"Gördün, değil mi?" dedi. "Gördün, değil mi? Cellatlar beni götürürken nasıl yer gök birbirine karıştı. Ebabil kuşları, kutsal taşlar attı düşmanın kafasına. Bir fırtına koparıldı Cenabı Hak tarafından. Yaradan, sevgili kulumu cellatlara teslim etmem, dedi."

Adamı bir türlü çıkaramadı Berat Koza. Daha sonra yabancı bir ülkenin polis nezarethanesinde birden anımsayacak, kim olduğunu çıkaracaktı. Ama trende bulamadı. Tedirgin oldu. "Polis mi acaba?" diye düşündü.

Kompartımanda sıkıntılı bir hava vardı. On bire geliyordu saat. Sınıra iyiden iyiye yaklaştıklarını kestirdi. Gergin bir bedenle bekliyordu. İki dizinin üstüne koymuştu ellerini. İstanbullu ile Almanya işçisi de konuşmaktan sıkılmışlar, sessiz oturuyorlardı.

Bir süre daha gittiler böyle. Tam içi geçer gibi olduğu sırada trenin durduğunu anladı. Camı açıp dışarı çıkardı başını. İlerde, ışıkları yanan bir yapı gördü. Adamlar gidip geliyordu trenin yanından. Konuşmalara kulak kabarttı: Türkçeydi. Sınırda olduklarını düşündü. Genel arama yapacakları geldi aklına. Trenden inip gece karanlığı içinde sınırı ıssız bir yerinden geçmeyi deneyebilirdi. Ama buna kalkışacak ne dermanı ne yüreği vardı o anda.

Yandaki kompartımanda yabancı dilde konuşmalar yükseliyordu.

Yerinde duramadı. Kalkıp koridora çıktı. Yan kompartımanda, Bulgar olduğunu sandığı iriyarı bir trenci oturuyordu. İçeri baktığını gören adam, "Buyur komşu" dedi. Böylece yan kompartımana girdi Berat Koza. İçerde dört adam daha vardı. Biri dışında hepsi trenciydi. Heyecanla bir şey tartışıyorlardı. İriyarı, Türkçe bilen trenci, Berat Koza'ya dönüp, "Bu çocuk İranlı, komşu" dedi bozuk bir Türkçeyle ve sivil giyimli genci göstererek, "Sofya'da okuyormuş. Tıpta. Beş yıldır Sofya'da imiş. Bulgar polisi bizi durmadan dövüyor, diye anlatıyor. Biz de olmaz öyle şey diyoruz."

Genç çocuk uzun boylu, esmerdi. Beyaz pantolon, beyaz gömlek, beyaz ceket giymişti, ama kirliydi üstündekiler. Dönüp Berat Koza'ya Bulgarca bir şeyler anlatmaya koyuldu. El kol işaretleriyle bağıra bağıra konuşuyordu. İriyarı trenci, Berat Koza'nın Bulgarca bilmediğini anlatmaya çalışıyordu ama berikinin dinlediği yoktu. Habire konuşuyordu. Trencilerin hepsi, susturmaya çalıştı İranlıyı. Ama susmuyordu. Trenciler de seslerini yükselttiler. Kompartımanın içi gürültüden geçilmez oldu. Herkesin sinirini bozmuştu çocuk. Berat Koza olaya hiç katılmadı. Tek korktuğu şey, olayın büyüyüp polisin gelmesiydi.

"Nereden çıktı bu bela?" diye düşünüyor, ürküyordu.

İriyarı trenci ayağa kalktı birden. İranlıyı kolundan tutup kompartımanın dışına attı. Hoyratça itip kapattı kapıyı.

Berat Koza, neden durduklarını sordu trenciye. Adam, "Bir vagonu tamir ediyorlar" dedi. "Bizimkiler sınırdan içeri girmeden bütün vagonları kontrol ederler."

Berat Koza kendi kompartımanına döndü. Tam camı açıp yeniden dışarı bakmak isterken tren hareket etti. Işıklı yapının arkada kaldığını, trenin hızlandığını gördü Berat. Yüzünü rüzgâra vermişti.

Bir süre sonra Bulgaristan topraklarında olduklarına iyice inandı. Yerine oturdu. Rüzgârdan gözleri sulanmıştı. Yataklarını yapıp uyumuşlardı kompartıman arkadaşları. En üstteki yatak Berat içindi.

Kalkıp tuvalete gitti. Kapıyı kilitleyip duvara dayandı. Sarsıla sarsıla giden trende aynaya baktı.

"İşte bitti" dedi.

Aynada kendisine bakan, gözleri kızarmış zayıf yüzlü adamı çok becerikli, çok iş bilir biri olarak gördü. Gülümsedi.

Kompartımana dönerken iriyarı trenciyi gördü gene.

"İyi geceler komşu" dedi. Sesi daha rahat, daha güvenli çıktı bu kez.

Kendini yukarı çekti. Yatağına uzandı üstündekilerle. Ellerini başının altında kavuşturdu. Trenin tıkırtısına kaptırdı kendini. Beşik gibi sallıyordu. Rahat, korkusuz...

"İşte bitti" dedi, bir kez daha.

Yeni yaşamın kendisine neler vereceğini düşünmeye koyuldu. Hep çok parlak, çok olağanüstü görüntüler patlıyordu kafasında. Önem taşıyan tek iş bitmişti Berat Koza için. Ötesine aldırmıyordu.

Bir süre sonra derin, güvenli bir uykuya daldı. Aylardan beri ilk kez oluyordu bu.

Sabah uyandığında kompartıman arkadaşlarının hepsi kalkmış, yataklarını toplamış, giyinmişlerdi. Hafifçe aralanmış pencereden içeriye taze bir sabah serinliği doluyordu. Aşağıda oturanlara eğildi. Gülümseyerek, "Günaydın!" dedi.

"Ooo günaydın, epey uyudun!" dediler.

"Neredeyiz acaba?"

"Bulgaristan'ı geçiyoruz."

Sanki söylemeseler bir terslik olacakmış, tren gerisin geriye dönecekmiş gibi, duymakla içi hafifledi. Sevinçle kalkıp aşağı atladı.

Tuvaletten döndüğünde kompartımanda bir Türk daha vardı. Hep birlikte Almanya girişini konuşuyorlardı.

"Dört sefer yaptım dinime imanıma" diyordu kızıl bıyıklı yeni gelen, "Bu kez de giremezsem!.." Sözün burasında susup bu kez de giremezse ne olacağını söylemiyordu. Bol bir pantolonun üstüne, göğsünde adının baş harfleri işli bir gömlek giymişti.

Berat Koza ilk kez, "Acaba sınırda bir terslik olur mu?" diye düşündü. Ama hemen arkasından da "Adaam sende!" dedi. "Bu kadar vartayı atlatıp dışarıya çıkmışım, Almanya sınırından mı korkacağım?"

Bu arada yeni gelen, "Salzburg'a yaklaşırken çok iyi giyinmeli, tıraş olmalı, boyunbağı takıp tertemiz oturmalı" diyordu. Samsunlu terzi, bavulunu açtı. Yeni bir takım elbiseyle, gömlek ve yeşil kırmızı bir boyunbağı gösterdi.

"Bunlar olur mu ki?" diye sordu.

Yeni gelen, şöyle bir baktı elbiselere:

"Olur tabii olmasına ya, üstüne yakıştırmasını da bileceksin" dedi. "Sen bunları daha hiç giymedin Allah bilir."

"Giymedim. Almanya'lık hepsi."

Sonra oturup yakınmaya başladı:

"Benim işçilik mişçilik istediğim yok ya tek akrabaları görebilseydik. Yoksa bana ne Alman polisinden. İşçi mi olacağım. Gül gibi işim var memlekette..."

"Bunları bize değil, polise anlatırsın hemşerim" dedi kızıl bıyıklı, sertçe. "*Pass bitte,* diye içeri dalınca feleğini şaşırtırlar adama bunlar. Paran var mı bari?"

"Eeee!" Yılışıkça gülümsedi terzi. "Belki biraz bulunur."

"'Belki biraz bulunur'muş. Oğlum ben mi isteyeceğim paranı, kendim için mi sordum? İki laf edip yol göstereyim dersin... Bizim millet böyledir işte."

Berat Koza'yı sıkıntılar bastı. Koridora çıktı. Pencereye dayanıp akıp giden manzarayı seyretmeye koyuldu.

Sınırdan çıktığından beri kendini yenilenmiş, yeniden doğmuş gibi duyuyordu. Kompartımandakilerin konuşmalarından, her gün duyduğu alışılmış sözlerden bunalmıştı. Yabancıları görmek, onlarla ilgili bir şeyler yaşamak istiyordu. Koridor boyunca hiç yabancı göremedi. Her tarafta bir "Alman sınırı" sözüdür gidiyor, durmadan "giriş" tartışılıyordu. Ölüm kalım sınavına girecek gibiydiler. Daha önce hiç düşünmediği bir sorun, birdenbire günün konusu olmuştu.

Öğlene doğru Sofya İstasyonu'nda durdu tren. Berat Koza taze su doldurmak için indi. Kalabalıktı. Herkes trene saldırıyor, yer bulmaya savaşıyordu. Çocuklarını çekiştiriyordu kadınlar. "Bu da pek farklı değil" diye düşündü.

Yaşlı bir trenciye doğru yürüdü. Kırışık yüzünde mavi gözleri çipil çipil parlıyordu. Berat Koza elindeki bidonu göstererek, "Su" dedi. İşaret parmağıyla su doldurma işareti yaptı. Trenci, eliyle peşine düşmesini anlattı ve yürümeye koyuldu. Yapının arkasında bir avlu içinde çeşme vardı. Çeşmenin başına götürdü Berat Koza'yı. Sonra, "*Voda!*" dedi.

"Sağ ol" dedi Berat da.

Yaşlı adam gözlerini açtı.

"*Voda, voda!*" dedi.

Anlamadan, "*Voda*" diye tekrarladı Berat Koza.

Sonunda yaşlı adam "Su" dedi Türkçe, sonra "*Voda*" dedi.

Berat anladı. Başını sallayıp gülerek, "*Voda, voda,* su!" dedi.

Güldü yaşlı trenci. Elini sallayıp gitti.

Kompartımana geldiğinde, konuk Türk gitmiş, yerine kırmızı yanaklı bir Bulgar delikanlısı binmişti. İriydi elleri, çatlamıştı. Torbasını kucaklamış, ürkekçe oturuyordu köşesinde.

Karnı acıkmıştı Berat Koza'nın. Yiyecek paketini açıp içinden biraz haşlanmış yumurtayla börek çıkardı. İki Türk, koridora çıkmışlardı. Yalnızdı Bulgar'la. Bir börek uzattı. Oğlan aldı böreği. Sonra aceleyle kendi torbasını açtı. İsli bir et çıkarıp bıçağıyla kesti. Berat'a uzattı bıçağın ucuyla. Doğrusu, biraz çekinerek aldı eti Berat. Haklı olduğunu da anladı. Fena halde kokuyordu et. Bir iki ısırmaya çalıştı ama olmadı. Gülümseyerek eti alıp koridora çıktı. İlk uygun yerde savurdu pencereden.

Yol boyunca gördüğü her şeye dikkatle bakıyor, değişik yönlerini bulmaya çabalıyordu. Neredeyse tren yolu boyunca gördüğü atlara, eşeklere, tavuklara bile başka türlü bakacaktı.

Yugoslavya'da küçük bir istasyonda yirmi dakika kadar bekledi tren. Küçük, sarı bir istasyon binası vardı. Tito'nun renkli resmi asılmıştı üstüne, çiçeklerle süslenmişti. İki yanında da bayraklar dalgalanıyordu. Hoparlörlerden sürekli marş yayınlandığını duydu Berat Koza. Belli ki bayramdı. Ne bayramı olduğunu görmek istedi ama Türkçe sorsa olmazdı, çat pat İngilizcesini kullanabileceği bir yabancı da yoktu ortalıkta. Ama nedense, bu istasyonu, resmi, bayrakları, binanın arkasında uzanan çitli toprakları daha önce görmüş duygusuna kapıldı. Emindi bir yerde gördüğünden. Çalınan marş bile yabancı gelmiyordu. Bir köpek geçti, koşup kuyruğunu sallayarak. Köpeği gördüğü anda, onu da görmüş olduğunu, son anda geçeceğini sezdiğini düşündü. Sonra aklından çıkarmaya uğraştı bunları. Yugoslav bayramları ile Türk bayramları birbirine benziyor herhalde diye düşündü, ondan olacak...

Kompartımanda bu kez İstanbullu anlatmaya başlamıştı. Okul anılarından söz ediyordu.

Akşam, pencerenin kenarında, karanlığa bakarak oturdu. Düşüncelere kaptırdı kendini. Yarın öğle vakti Almanya'ya varacak, Hamdi'nin dayısını bulacaktı. Ondan sonra her şeyin düzeleceğine, şimdi bilmediği birtakım olanakların çıkacağına güveni vardı.

Yan kompartımandan bir Bulgar kızının çaldığı keman duyuluyordu hafifçe. Ses, trenin tıkırtılarıyla bir uyum kuruyor, bir bozuluyordu.

Koridor, sinirli sinirli sigara içen Türklerle doluydu. Hiç kimse uzun süre yerinde oturamıyor, volta atıp sigara içiyordu. Sonra bir araya gelip konuşuyorlardı. Değişmeyen tek konu Salzburg düğümüydü. Sınıra yaklaştıkça kaygıları artıyordu. Bir topluluğun yanından geçerken, "Sekizinci seferim abi" sözlerini duydu.

Trendeki genel havaya ters düşüyordu Berat Koza.

Erkenden yatağını yaptı. Uzanıp kitap okumaya başladı. Ama kitap da pek sarmıyordu. Tekdüze, tıkır tıkır seslerle gidiyordu tren. Kitap elinden düştü, uyuklamaya başladı.

Saatler sonra kapının sertçe açılmasıyla uyandı. Tren durmuştu. Avusturya gümrük memurları, polisleri, iriyarı ve sarışın, sağlıklı halleriyle gece serinliğini doldurdular kompartımana. Berat Koza, yanı başına astığı ceketine uzandı, iç cebinden pasaportu çıkarıp verdi. Pasaportu açtı polis, uykulu yüzüne baktı Berat'ın ve damgalayıp geri verdi. Kapattı kapıyı. "Birdenbire olup bitti" diye düşündü Berat. "Korkulacak şey mi bu!"

Yeniden uyumaya hazırlandı. Ama tren seslerle, tartışmalarla dolmuştu. Yan kompartımandan da sesler geliyordu. Meraklandı. Kalkıp pantolonunu çekti ayağına, dışarı çıktı.

Tren bir istasyonda duruyordu. Geceyarısını geçiyordu saat. Karanlıkta büyük dağlar seçti.

Yandaki kompartımanlara baktı. Hepsinin ışığı yanıyordu ve hepsinde birbirine benzeyen garip bir görüntü ilgisini çekti. Gündüz koridorda konuşurken gördüğü bütün Türkler, bir baloya gider gibi giyinmişlerdi. Hepsinin sırtında lacivert takım elbise, ceket ceplerinde beyaz mendil vardı. Kırmızı boyunbağları takmışlardı. Takım elbiseler üstlerinden kaçıyordu. Saçlarını sıkıca taramışlardı. Gümrük istasyonunda, gecenin saat birinde gizli bir toplantıda ya da bir tiyatro oyununda gibiydiler. Polislerle tartışıyor, yarım yamalak bir şeyler anlatıyorlardı. Başka vagonlara geçti Berat Koza. Işığı sönük olan kompartımanlar da canlanmaya başlamıştı. Kapılar açılıyor, uykulu, pijamalı insanlar dışarıya bakıyorlardı. Tartışmayı izlemeye koyuldular. Takım elbiselilerin durumu daha da garipleşti böylece. Uykulu insanlar arasında, yatak odasında resmi elbiseyle oturmuş gibiydiler. Polisler kompartımanları dolaşarak, takım elbiselilerin hepsini indirdiler trenden. Berat Koza, gündüz yanlarına gelen kızıl bıyıklıyla, "Sekizinci seferim abi" diyeni de gördü aralarında. Kızıl bıyıklı, kolundan çekiştiren polise bir şeyler anlatmaya çalışıyordu. Sonunda sakinleşti ortalık. Tren kalktı, istasyonun cılız ışıkları altında, soğuktan büzülmüş, lacivert elbiseli, kırmızı boyunbağlı insanlara baktı Berat son kez. Birbirlerine sokulmuş duruyorlardı, iyiden iyiye çaresizdiler. "Nasıl geri dönecekler" diye düşündü.

Birden yol arkadaşını, Samsunlu terziyi gördü yanı başında. Aklından çıkıp gitmişti adam.

"Ne oldu?" diye sordu.

Adam, otuz iki dişini göstererek:

"Şükürler olsun Allah'ıma, intihamdan geçtik" dedi.

Her zamanki giysileri vardı üzerinde.

"Giymedin mi yeni elbiseni?"

"Yok. Allah tarafından bir uyku bastırmış. Dalıp gitmişim. Polisler geldiğinde uyuyordum. Eyvah, dedim ama sonu hayırlı çıktı. Giyinmiş bekleyenleri indirdiler. Kurban olduğum Allah... O, sabah bize akıl öğreteni gördün değil mi?"

"Her zaman böyle olur" diye düşündü Berat Koza. "Bu adamlar her zaman haklı çıkar. Her yerde kazanır. En altta oynuyor çünkü."

Ertesi sabah uyandığında Almanya'nın yeşil, nemli, düzenlenmiş bereketli ovalarını, ırmaklarını gördü. Öğlene dek manzarayı seyretti. Sonra eşyalarını toparladı, saçını taradı.

Berat Koza, istediği kente gidebilmek için aktarma yapacaktı.

Eşyalarını toparlayıp indi. Öteki trenin kalkmasına iki saat vardı. Çok büyük bir istasyondaydı. Gelen giden yolcular gördü. Bir gürültüdür gidiyordu. Hoparlörlerden yükselen Almanca sesler, savaş filmlerini ansıttı Berat Koza'ya.

Büyük gazete, dergi dükkânları sıralanmıştı. Üç dört tane de birahane vardı istasyonun içinde. Fıçı biçimi uzun masalar koymuşlardı. O kadar anlatılmıştı ki Alman sosisi, bir tane yemek istedi. Ama elinde yükler vardı. Nereye bırakacaktı yükleri.

Emanet yerini ararken anahtarlı kutuları gördü. Bir iki kişinin nasıl yaptığını gözledi. Sonra eşyalarını kilitledi kutuya.

Doğruca, gözüne kestirdiği birahaneye gitti. İriyarı, şişman bir kadın arı gibi, sosis, salam hazırlıyordu. Berat Koza eliyle kalın bir sosisi gösterdi.

Kadının Almanca söylediği parayı anlamadı. Avcunu açarak bozuklukları uzattı. Kadın seçip aldı parayı. Biranın parasını da aynı biçimde ödedi.

Dışardaki masalardan birine yaslandı, birası ve sosisiyle. İlk lokmadan sonra yüzünü buruşturdu. Garip garip kokuyordu sosis. İyi değildi ona göre.

"Olsun" dedi kendi kendine. Yedi.

Üç günlük bir gerginlikten, yorgunluktan çıkmıştı. Başı dönüyordu hafiften. Ne olduğunu anlayamadığı garip etkiler altındaydı.

Büyük büfeye yaklaştı. Dergilere, dergilerin üstündeki resimlere göz gezdirdi. Eline alıp bakmak istedi ama çekindi. Sonra gazetelerin arasında iki Türk gazetesi gördü. Çocuk gibi sevindi. Gidip hemen çekti gazeteleri. İsteyeceği şeylerin İngilizcesini geçirdi aklından. Yaklaşıp eliyle göstererek çikolata istedi, gazeteleri de uzattı. Sonra "Astor, sigara" dedi. Parayı, gene avcundakileri uzatarak ödedi.

Her şey baş döndürücü bir hızda olup bitiyormuş gibiydi. Çevresinden insanlar akıyordu. Çok şık giyimli kadınlar gördü. Türk işçileri öbek öbek birikmiş, konuşuyorlardı.

Çikolatayı yiyerek istasyondan dışarı çıktı. Tam çıkışta, camekânlara asılmış sinema afişleri vardı. Çıplak kadın resimleriydi çoğu.

Uzun, geniş bir caddede yürürken başına bir ağrı saplandı. Yediği sosis, çikolatayla karışmış, bütün çevresine yayılan bir koku olmuştu sanki. Kulakları uğulduyordu. Tam karşıdaki duvarda pembe bir domuz resmi gördü. On insan büyüklüğündeki kafasıyla sırıtıyordu.

Bir köşeye çömeldi. Cebinden gazeteleri çıkarıp okumaya koyuldu.

On dakika kadar oturdu orada. Yüzü sararmıştı. Saatine baktı sonra. Doğrulup istasyona yürüdü. Biletleri çıkardı cebinden. İstasyonda duran trenlerden hangisine bineceğini bulmaya çalışırken, "Selam hemşerim!" diye bir ses duydu arkasında. Döndü. Samsunlu terzi her zamanki gibi mutlu, sırıtıyordu.

"Tren mi arıyorsun?"

"Evet."

"Ben buldum. Gel!"

"Nasıl buldun yahu?"

"Bizim Türklere sordum burada. Gösteriverdiler... Öyle ya. Gurbette bir hemşeri!"

Kutudan eşyalarını aldı. İkisi birlikte trene binip sigara

içilir işareti olan vagonda bir kompartımana oturdular. Kırmızı döşeliydi koltuklar. Geldikleri trenden daha iyiydi.

Tren kalkmadan biraz önce altmış yaşlarında gösteren, kıpkırmızı suratlı bir adam bindi. Yanaklarından kan damlıyordu. Kır saçlıydı. Bir de genç kız geldi.

Samsunlu, her girene, evine konuk gelmişler gibi gülümsüyor, toparlanıp yer gösteriyordu. Sevincinden zil takıp oynayacaktı. Boyuna konuşuyor, akrabalarını, on altı kişinin bir evde kaldığını, hepsinin çalıştığını, çok para kazandıklarını, kendisini görünce sevinçten delireceklerini anlatıyordu. Biraz güven geldiği için olacak, burada iş tutup kalmaktan, Türkiye'de bir yılda kazandığını burada iki ayda kazanmaktan söz ediyordu.

Yaşlı Alman çıkıp bir yere gitti. Yeşil vadiler arasından geçiyordu tren. Bir bakım ve düzen görülüyordu her yerde. Irmaklarda gri sular çağıldıyor, yeşil ovalara akıyor, düzenli, çiçekli evlerin arasından geçiyordu. Boğucu bir hava vardı hepsinin üstünde. Nemli, ıslak, kokulu bir hava gibi geliyordu Berat Koza'ya.

Alman kız, İngilizce bir kitap okuyor, kasetten müzik dinliyordu.

Berat Koza nasıl soracağını uzun uzun hesapladıktan sonra, "Camı açabilir miyim?" diye sordu.

Kız kitaptan başını kaldırdı.

"Tabii" dedi.

İki parmak araladı camı. Ağzını dayayıp serin havada soluklanmak istedi. Sonra, yanlarından akan kocaman ırmağı göstererek, "Bu ne ırmağı?" diye sordu kıza.

"Bilmem" dedi kız.

"Büyük bir ırmak..."

"Ama bilmiyorum adını. Çok ırmak var böyle."

Sustu sonra. Berat Koza da bir daha sormamaya karar verdi. Çünkü kızın İngilizcesi çok iyiydi. Bir iki soru sorarsa nasıl yanıtlardı onu? Samsunlu, gözlerini kısmış bir ona bakıyordu, bir buna.

Kız, "Ben lokantaya gidiyorum" dedi. "Bir şeyler yiyecekseniz, gelin göstereyim."

"Hayır" dedi Berat Koza.

Kız çıktıktan sonra Samsunlu merakla eğildi:

"Ne dedi kız?" diye sordu. "Dinime mi dön dedi?"

"Ne? Niye dinime dön desin?"

"Alman karısı ya. Dinime dön de evlenelim mi dedi?"

"Amma kafa yahu?" dedi içinden Berat.

"Lokantaya gidiyormuş, istersen göstereyim dedi."

"Gitseydin ya!"

"Niye?"

"Eee, Alman karısı çağırmış gelir gelmez. Belli mi olur. Hiçbir karı durup dururken lokantaya adam çağırır mı?"

"Bunlar öyle değil. Bizim Türkiye'deki gibi değil işler buralarda."

"Orası, burası mı olurmuş" diye güldü Samsunlu. "Karı erkek işi her yerde aynıdır. Bu işin Almancası, Türkçesi mi olur! Ama dinine dönmek olmaz, hiç olmaz."

"Peki" dedi Berat Koza.

Adamdan sıkılmıştı.

Akşamüstü, hava kararırken yaşlı Alman geri geldi. Samsunlu, Berat Koza'ya döndü. Defterden koparılmış bir kâğıt uzattı.

"Gözünü seveyim abi" dedi. "Şu Alman'a gösteriver kâğıdı da nerede ineceğimi söylesin."

Kâğıdın üzerinde bir adres yazılıydı.

Alman'a İngilizce bilip bilmediğini sordu. Bilmiyordu ama çat pat idare edebiliyordu yaşlı adam.

"Bu adres" dedi göstererek. "Bu, oraya gidecek."

Adam alıp baktı. Sonra yarı işaret, yarı söz, Samsunlu'nun ana istasyondan bir önceki istasyonda ineceğini anlattı. Kendisi de oraya gidecekti. "Ben götürürüm" dedi. Birahane sahibiymiş. İki de Türk çalışıyormuş yanında. Berat Koza, Samsunlu'ya anlattı olup biteni. "Bu adam seni götürecek hemşerim" dedi.

Samsunlu hemen ayağa fırlayıp Alman'ın eline yapıştı. Alman ne olduğunu anlayamamıştı daha. Şapır şupur öpüp, başına götürdü adamın elini.

"Sağ ol amca, sağ ol, çok sağ ol amca" dedi.

Sözleri bağırarak söylüyor, yeniden söylüyor, böylece adamın anlayacağını sanıyordu.

Berat Koza durumu açıklamaya çalıştı. Alman, şaşkın ve hoşnut gülüyordu. Samsunlu, trenin her yavaşlayışında merakla Alman'ın yüzüne bakıyor, eliyle ve kafasıyla "Burası mı?" diye soruyordu. Alman, hayır diye elini kaldırınca boynunu büküp gülüveriyordu. Alman da gülüyordu bu kez. Samsunlu her soruşunda, "Hı, ıı" diye genzinden bir inilti koyveriyordu. Türkçeyi kaldırmıştı artık işin içinden.

Samsunlu ile Alman bir istasyonda indiler. Samsunlu didinip uğraşarak Alman amcasının elinden valizini kaptı, taşıdı. Alman peşinden koşuyor, o da kapıda birikenleri yararak aşağı inmek için dişe diş, göze göz savaş veriyordu. Berat Koza'ya eyvallah demeyi son anda hatırladı. Güvenli bir yüzle, "Sakın dinine dönme bunların hemşerim" dedi.

Berat Koza büyük istasyonda indiğinde karanlık iyice bastırmıştı. Öğlenkine göre daha sönük bir yerdi. Büyüktü ama canlılık yoktu. Koca kapıda, az ışıklı salonda dolaşan Türk işçileri gördü.

Eşyalarını alıp bir telefon kulübesine girdi. Kaç para yazıyorsa onu attı. Hamdi'nin dayısının numarasını defterine yazmıştı. Düdük çaldı çaldı, karşıdan bir ses gelmedi. "Şimdi hapı yuttuk" diye düşündü. Bir terslik başgösterince her zaman düşündüğü gibi...

Ne yapacağını bilemedi. Sonra volta atan, elleri tespihli üç kişilik bir Türk topluluğuna yaklaştı.

"Merhaba!" dedi.

Durup kuşkuyla baktılar.

"Aleykümselam!" dediler, ama ürkek bir hal gelmişti üzerlerine. Boyunlarını, gözlerini kısmışlar, sanki tehlikelere karşı tetiktelerdi. Berat Koza şaşırdı. "Ne oluyor bunlara?" diye geçirdi içinden.

"Trenden biraz önce indim hemşerim. İlk gelişim. Bir otel motel var mı?"

Birbirlerine baktılar. Suratları asıktı. İkisi kuşkulu kuşkulu homurdandı.

Ama biri, "Gel hemşerim" dedi. "Bir otel var şurada, dans salonunu geçince..."

Otele yürüdüler. Hiçbiri eşyasını taşımaya yardım etmedi. En ufak bir dostluk göstermediler. Ne nereden geldin diye sordular, ne de necisin, kimi aradın diye...

Berat Koza bir ara, Hamdi'nin dayısını sordu onlara.

"Dükkânı var" dedi.

Biri ötekine, "Şu banofun arkasındaki mi lan?" dedi. Sonra Berat'a, "Türk Hava Yolları acentesi mi?" diye sordu.

"Bilmiyorum" dedi Berat. Sustular.

Otelle on beş marka anlaştı. Parayı peşin aldılar. Karanlık koridorlu bir oteldi.

Elini yüzünü serin sularla yıkayıp yatağa havadan koyverdi kendini. Hemen uyudu.

Dükkân kentin göbeğinde, dar bir sokağın içindeydi. Pencereler biraz yukarda kalıyordu. Beş basamakla iniliyordu kapıya. Camlara Türk Hava Yolları afişleri, iki konserin ilanları asılmış, kocaman ayyıldızlar yapılmıştı. Karmakarışıktı içerisi. Teypler, daktilolar, kaset bantları ve böyle binlerce şey birbirine girmişti. Bu, mağaza bölümüydü. Daire arkaya doğru uzuyor, bir koridor üstüne dizilmiş iki oda, bir mutfak, bir tuvalete açılıyordu. İçerdeki odalardan biri, yazıhane olarak kullanılıyor, permi alışverişi, hesaplar yapılıyor, dip odada ise bir yatak, bir dolap, ıvır zıvır ve seks dergileri duruyordu. Permicilerden biri ya da arkadaşları, bir kızla gelmek istedi mi, el ayak çekildikten sonra dip oda kullanılıyordu. Dolapta koyu renk takım elbiseler, boyunbağları, gömlekler, pabuçlar duruyordu.

Berat Koza'yı önce kuşkuyla karşılayan Necmi (Hamdi'nin dayısı), birkaç gün kalması için, gereğinde kızlarla kullanılan, dip odayı gösterdi ona.

"Burada yatarsın" dedi. "Ama bir arkadaşa lüzum ederse, çıkar dışarda oyalanırsın biraz."

Ufak tefek, çok zayıf, sinsi görünümlü bir adamdı. Konuşurken pul gibi gözleri oradan oraya kayıyor, ne dediği hiçbir zaman tam anlaşılmıyordu.

Berat Koza adamın karşısında otururken o kadar savunmasız, öyle bitkindi ki gerekli yalanları güçlükle sıralayabildi.

Maskeli baloda gibiydi dükkânda oturan işçiler. Garip kılıklara girmişlerdi. O sıralarda önemli bir permi satacak olan işçi, kral gibi dolaşıyordu dükkânda. Sağa sola sataşıp ezmeye çalışıyordu. Böyle önemli işçilerin önünde, işleri bitene dek el pençe divan duruyordu Necmi. Adamları pahalı arabalarla hovardalığa götürüyor, onlara kadın buluyordu.

Berat Koza böylece dükkânda yatıp kalkmaya başladı. Hiç hoşnut değildi içine düştüğü durumdan. Savunmasız, şaşkın ve genç görünüşü, herkesi, ona birtakım öğütler vermeye zorluyordu sanki.

Permisini satmış olan işçi, "Bu memlekette sabahları erken kalkacan hemşerim, karıya kıza da pek para yidirmeyecen, çalış, istikbalini dut!" diye öğüt veriyor, yabancılar polisinden nasıl kaçılacağını anlatıyordu.

"Esas burdaki Türklerden kork hemşerim" dediler ona. "Türklere misadesiz olduğunu çaktırdın mı yandın, hemen gammazlarlar. Bizim milletimiz..."

Berat Koza'ya, dinlerken fenalıklar geliyor, ama katlanıyordu çaresiz. Arada sırada sahte kürkler, naylon giysiler içinde kadınlar geliyor, yarı Almanca yarı Türkçe bir konuşma tutturuyorlardı.

Berat Koza dip odada yatıp kalkıyordu. Nemli bir odaydı. Ağır, ıslak bir koku çarpıyordu suratına kapıyı açtığı zaman. Sabahları, bütün kemikleri sızlayarak kalkıyordu. Akşamları dükkânı kilitleyip gidiyor, bir de anahtar bırakıyorlardı Berat Koza'ya. "Hamdi'nin mektubu olmasa zor bırakırlar beni dükkânda" diye düşünüyordu. Ancak, Hamdi'nin mektubu da olsa fazla kalamayacaktı orada. Ne yapacağını da bilemiyordu. Her akşam, ön bölüme gidip ışığı yakmadan oturuyor, kaset dinliyordu. Caddeden sokak fenerlerinin ışığı düşüyordu içeriye. Arada bir müşteri arayan kadınlar geçiyordu.

Öğlenleri Türk kasaba telefon edip üç dört kilo pirzola getirtiyordu Necmi. Çoğunlukla kola ve esmer Alman ekmeği alıyorlardı yanına. Bir iki lokma gevelemeye çalışıyordu Berat Koza, ama içi almıyordu. Alışmadığı yemekler, kokular, hava, sağlığını bozmuştu. Bir öğlen kendi başına çıktı dışarıya. Dolaşırken bir Türk lokantası gördü. Limonlu, terbiyeli bir şehriye çorbası içti orada. İyi geldi.

Çevresinde, biraz açılacağı, konuşacağı birini arıyordu, ama yoktu. Mark, kadın, araba konuşuluyordu hep.

Beşinci günün sonunda kara kara, ne yapacağını düşünmeye koyuldu. Sınırdan çıkarken, "Hele bir sınırı atlatalım, gerisi kolay" diyordu ama gel gör ki kolay değildi bu işler, hiç kolay değildi.

Bu dükkânda kalamazdı. İş verseler bile çalışamazdı orada. Başka bir olanak da nasıl yaratılır, bilemiyordu.

Cebindeki pasaport sahteydi. Ne kadar süre taşıyacaktı o pasaportu. Yabancılar polisi her yere baskın yapıyordu. Ayrıca, Almanya denen memleketin kendine özgü ağır kokusu her gün artıyor gibiydi. Bir şey yiyemez içemez hale gelmişti. Gece gündüz dükkânda kapalı oturuyor, işin içinden çıkamıyordu.

Bir akşam herkes gitmişti gene. Berat Koza oturmuş, dergilere bakıyordu. Kapının açıldığını duydu. Necmi'nin yanına sık sık uğrayan, briyantinli bir tip vardı. O gelmişti. Belki yüz kiloluk bir Alman kadın vardı yanında. Berat Koza'yı görünce, "Sen biraz uzaklaş arkadaş da işimize bakalım" dedi.

Berat Koza bir şey söyleyecek durumda değildi. Bırakıp çıktı. Daha kapıyı kapatmadan, adamın şişman kadının kalçalarını kavradığını, avuçladığını gördü.

Berat Koza on sekiz yaşının bütün öfkesiyle, "Ben bir daha yatmam o yatakta" diye düşündü. Nereye gittiğini bilmeden dolaşmaya koyuldu. Gece, ıssız bir görünüme bürünmüştü kent. Caddelerin ve köprülerin iki yanında yanan ışıkların çevresi beyaz sis topakları gibiydi. Otellerin önünde, köşe başlarında bekleyen orospuları gördü.

Düşüncelere kaptırdı kendini. Parası azalmamıştı daha. Bir yere harcamıyordu. Ama yakında harcamak zorunda kalabilirdi. Bir hafta sonra ne olacaktı? Ya iki hafta, üç hafta sonra?..

İçinde büyük bir eziklik vardı. Yalnızca, cadde geçişlerinde yola dikkat ediyor, ışıkları kolluyor, onun dışında yalpa vura vura, sarhoş gibi yürüyordu. Ayakları sızlamaya başladı.

Bir caddeyi dönünce yan yana sıralanmış üç kahve çıktı önüne. Gürültülü, ışıklı, dumanlı bir görünümleri vardı. Canı içeri girip bir kahve içmek istedi. Bu kadar para harcayabilirdi.

O gece tam o saatte, o kahveye girmekle ne kadar iyi yaptığını sonradan çok düşündü Berat Koza. Bu rastlantı olmasaydı işler nasıl gelişecekti, neler olacaktı... Kim bilir...

Görünüşleri benziyordu Türk'e, ama önlerinde, masada duran Türkçe kitap Berat Koza'nın bütün kuşkularını sildi.

İki kişiydiler. Bira içiyorlardı. Berat Koza'dan biraz büyük gösteriyorlardı. Yanlarına gidip, "Merhaba!" dedi.

Berat'a bakıp, "Merhaba!" dediler.

"Türk müsünüz?" diye sordu. Merhabalaştıktan sonra "Türk müsünüz?" diye sormanın garipliğini düşündü. Gülünç duruma düşmüştü.

Çocuklardan biri güldü, "Türk'üz ya, sen de Türk müsün?" dedi.

Hepsi birden güldüler. Sıcak bir hava oldu aralarında.

"Otur" dediler.

"Geleli dört beş gün oluyor" dedi Berat Koza. "Adım Mustafa."

Bıyıklı olanın adı Ekrem, ötekinin de İrfan'dı.

Ekrem, "Eee, Mustafa arkadaş, çalışmaya mı geldin buraya?" diye sordu.

Mustafa arkadaş sözü hoşuna gitti Berat'ın. Çalışmaya geldiğini söyledi. Ürkek, saldırgan bir hal vardı üstünde. O kadar ki heyecanı, tutukluğu öteki çocuklara anlaşılmaz geldi. Daha fazla ilgilendiler bunun üzerine. Yüzü solgundu Berat'ın. Günlerdir sürüp giden bulantı, gerginlik, "Ne yapacağım" düşüncesi, bitkin düşürmüş, gözlerinin çukura kaçmasına neden olmuştu. Kahvede otururken pek konuşmuyor, sorulanlara karşılık veriyor, çocuklarla göz göze gelmemeye çalışıyordu.

"Bunlara güvensem, açılsam..." diye geçirdi içinden. "Acaba?.."

Bu düşüncenin arkasından sessizliği bozdu.

"Sizler öğrenci misiniz burada?"

"Evet" dedi ikisi de.

"Sen Türkiye'de ne yapıyordun?" diye sordu biri.

"Eee... Öğrenciydim ben de." "Öğrenci olduğumu açıklamam iyi mi oldu acaba?" diye düşündü hemen. Bir türlü tam güvenemiyordu karşısındakilere ama güvenmeyi de çok istiyordu.

"Nerede öğrenciydin?" dediler.

Anlattı.

Bıyıklı olanı, Ekrem, "Bizim arkadaşlar vardı orada. Tanır mısın acaba?" dedi.

"Kimler?"

"Melih'i tanır mısın? Selim'i..."

Başına bir sıcaklık yükseldi Berat'ın. Aceleyle, "Yakın arkadaşlarım hepsi de" deyiverdi. Yüzüne bir gülücük yayılmıştı. "Nereden tanıyorsunuz siz onları?"

Birbirlerine baktı ikisi de.

"Eski arkadaşlar işte... Şimdi nerelerde onlar, biliyor musun?" Bu kez susma sırası Berat'a gelmişti.

"Pek iyi bilmiyorum ama rahat değiller sanırım" dedi, yavaşça.

Üçü de konuşamadıkları bir şeyin çevresinde toplanmışlar, bir türlü ilk sözü edemiyor gibi susuyorlardı.

O gece, içtiği kahvenin parasını ödetmediler Berat'a. Dostça arkasını sıvazladılar. Dışarı çıktıklarında saat oldukça ilerlemiş, ışıkların yarısı sönmüştü.

Sokaklarda, kendi ayak seslerini dinleyerek yürüdüler. Nerede kaldığını sordular Berat'a. Söyledi. Arkasından, "Peki iyi değil durumum orada. Sıkıntıdayım arkadaşlar" dedi.

Bir parola gibi oldu bu konuşmanın etkisi.

Dükkânın önünde ayrılırlarken Ekrem, "Sen bu gece uyu Mustafa arkadaş" dedi. "Yarın sabah biz gelip seni alırız buradan. Bir yere gidip konuşuruz. Belki de başka bir yer buluruz sana. Haydi, iyi geceler."

"İyi geceler" dedi.

Adamla kadın gitmişlerdi. Şöyle bir göz attı yatağa. Darmadağındı. Odanın kapısını çekip öne, dükkân bölümüne gitti. Kasetler, radyolar, afişler arasında iki koltuğu birbirine yaklaştırdı. Karşılıklı koydu. Uzandı.

Bu geceki karşılaşma bir işe yarasın, bir çıkış yolu olsun istiyordu. Bu yüzden tadını çıkara çıkara olayı düşünmeye koyuldu. Yarın belki de alıp götürürlerdi onu. Nasıl davranması gerekiyordu? Durumlarını, kim olduklarını belli belirsiz anlamıştı ama daha çok ayrıntı gerekiyordu. Ne de olsa yeni tanıdığı insanlardı. Birdenbire açılıp pasaportunun sahte olduğunu söylemesi pek doğru olmazdı. Çocuklar da tutuktu. Biraz daha düşününce onlara daha çok hak verdi. Ne de olsa kendisi yeni gelen biriydi. "Yarın neler olacak bakalım?" diye düşündü. Uyumaya çalıştı ama uzun süre uyku tutmadı. Sabaha karşı daldı.

Dükkâna erkenden gelen bir permi sahibi işçi uyandırdı onu. Camı tıkırdatıyordu.

Berat Koza sersem sersem gidip kapıyı açınca,

"Bu nakkader uyumak yahu?" diye çıkıştı Berat'a.

Ekrem'le İrfan, öğlene doğru geldiler. Dükkân bölümüne girip Mustafa'yı sorduklarında Berat mutfaktaydı. Geldi. Permicilerin, işçilerin arasında oturan iki arkadaşı görünce sevinçle, "Haydi çıkalım" dedi.

Ekrem'le İrfan, Berat Koza'yı metroya bindirip uzak semtte bir eve götürdüler. Çok eski, harap bir yapıydı. Büyük kapıdan girdikten sonra, apartmanın merdivenlerine sapmayıp arka bir kapıdan avlu gibi bir yere geçtiler. Boyaları yer yer dökülmüş eski bir apartman daha vardı avluda. Üçüncü kata çıktılar.

Uzun karanlık bir koridorun sonunda kocaman bir oda vardı. Köşeye iki divan konmuştu. Ortadaki masada içki şişeleri görülüyordu. Sağ duvarda oldukça zengin bir kitaplık asılıydı. Maksim Gorki'nin büyük bir fotoğrafı göze çarpıyordu.

Berat Koza divana daha yeni oturmuştu ki içerdeki odalardan iki kişi daha çıkıp geldi. Aynı yaşlarda, esmer ve bıyıklıydı gelenler de... Bir tanesi Berat Koza gibi çok zayıftı.

"Merhaba arkadaş, hoş geldin" dediler. Yüzlerinde zoraki

bir gülümseme vardı. Sesleri bozuktu.

Yeni gelenlerden biri, "Bak arkadaş!" dedi. "Anlattılar bana. Güç durumdaymışsın."

Berat dikkat kesilerek, "Öyle gibi" dedi.

"Durumun nedir? Nasıl bir güçlüğün var? Bunları anlatırsan bize, yardımımız dokunur. Çünkü tek başına kalmak zordur biliriz. Ama önce seni bir tanımamız gerekiyor. Kimsin? Nerede, ne yaptın? Bunları anlatman gerekiyor. Değil mi arkadaşlar?"

Yanındakilere baktı. Hepsi başlarını salladılar. Konuşan da yanındakiler de bu tonda konuşmanın sahteliğini duyuyorlar, ama dalgın bakışlarla geçiştiriyorlardı işi. Yalnız zayıf çocuk, bu oyundan sıkılmış ya da utanmış gibi eline bir kitap almış, onunla oyalanıyordu.

Berat içinden, "Tam sorguya benziyor" diye düşündü.

"Şey..." dedi. "Pek önemli bir şey değil ama bir bela geldi başıma... Yani biraz politik bir bela..."

Soru soran çocuk başını önüne eğmiş, pos bıyıklarını çekiştiriyordu. Kaşları çatıktı.

"Sonra çıkmam gerekti. Yurtdışına yani."

"Aranıyor musun Türkiye'de?"

Bu kadar doğrudan bir soruya yanıt vermesi gerekiyordu.

"Evet."

"Ne zamandan beri?"

"Üç dört aydır."

"Hiç içeri girdin mi?"

"Hayır, yalnızca emniyette kaldım."

"Arkadaş, şimdi örgütsel ilişkini açıklaman gerekiyor. Kimlerle birlikte çalıştın?"

"Örgütsel hiçbir ilişkim yok. Üniversitedeki öğrenci birliğiyle çalıştım. İşgal, boykot düzenledik."

"Ama Melih'i tanıyormuşsun."

"Tabii."

"Onun örgütsel ilişkisi var."

"Belki, ama benim yok."

Öyle kuşkulu ve ağır bir hava çöktü ki ortalığa, Berat Koza kendini büyük bir suç işlemiş gibi duydu. Bir süre sessizlik oldu. Sonra yönetici olan bıyıklı, sözü ele aldı gene, "Çok zor günler yaşıyoruz arkadaş, biliyorsun. Çocuk oyuncağı değil. Hangi örgütten olduğunu söylemen gerekiyor."

Berat Koza gene, öğrenci birliği dışında bir örgütle ilişkili çalışmadığını anlattı.

O zaman yönetici, "Üç dört ay önce aranmaya başladım, diyorsun. İçerde bir yıllık gazete arşivi var" dedi. "Orada araştır. Arananlar listesinden adını bul. Sonra konuşuruz."

Berat Koza'yı alıp yan odaya götürdüler. Salondan daha berbat durumdaydı oda. Eşya adına küçük bir kitaplık, yerde iki minder ve duvarda neredeyse tavana kadar yükselen gazeteler vardı. Berat'ı yalnız bıraktılar odada. Minderlerden birine oturdu. Karşısındaki gazete yığınına baktı. Dalgındı. Bağdaş kurmuş, dirseklerini dizlerine dayayıp başını ellerinin arasına almıştı. Bir süre düşündü. Sonra ayağa kalkıp eliyle yere pis bir şey atarmış gibi yaptı, kapıya yöneldi. Tam elini kapı tokmağına uzatmışken kapının açıldığını, çok zayıf çocuğun elinde bir bardak çayla geldiğini gördü. Berat'ın yüzü kasılmış, iğrenç bir şeye bakar gibi dudakları kıvrılmıştı.

Zayıf çocuk, "Çay getirdim" dedi. Kolundan tutup odaya doğru sürdü Berat'ı. Mindere oturttu. Çayı tutuşturdu eline.

"Haklısın" dedi. "Yerden göğe kadar haklısın. Allah kahretsin böyle işi. Ama çare yok. Tut kendini, bırakma."

Eliyle Berat'ın omuzuna dokundu. Çekti gitti.

O gidince Berat Koza, "Yapamadım" diye düşündü. "Şimdi geçti. O anda yapsam yapardım. Neyse... gazeteyi aramalı..."

Gazeteleri karıştırmaya başladı.

Akşamüstü hava kararırken merak edip odaya girdiklerinde, Berat Koza'yı gazete yığınının yanına kıvrılmış, uyur buldular. Öyle, başını koyduğu yerde dalıp gitmişti. Kolu garip bir biçimde bükülüp altında kalmış, ağzı ezilmişti. Yanında bir gazete duruyordu. Alıp baktılar. Birinci sayfanın görünür bir yerinde Berat Koza'nın resmini gördüler.

Berat uyandı. Bedeni tutulmuş, katılaşmıştı. Bir iki gerindikten sonra gazetenin yanında olmadığını fark etti. Salona gitti.

"Buyur arkadaş" dediler. Masanın üstüne yiyecek bir şeyler hazırlamışlardı. Kendine karşı saygılı, ilgili bir hava olduğunu anladı Berat. Birden her şey değişmişti. "Demek kendimi temize çıkardım. Örgütsel ilişkilerine ters düşmedim" diye düşündü. Kendisine gösterilen yere geçip oturdu.

"Daha önce niye söylemedin arkadaş?" dedi yönetici.

"Neyi söyleseydim?"

"İşte... Yani... Kim olduğunu..."

"Siz bana karşı ne düşündüyseniz, belki ben de size karşı..."

"Doğru" dedi karşısındaki gülerek.

"Neyse, olan oldu. Bir şey daha soracağım. Kâğıtların bozuk mu?"

"Evet."

"Öyle olması da doğal zaten. Almanya'da senin durumun çok zor olur. Bizimle birlikte kalırsın ama polisin eline geçersen doğru Türkiye'ye postalarlar seni. Sürekli korku içinde yaşarsın. Politiklere karşı tutumu iyi değil buranın. Sonra, ihbarlar da oluyor."

"Nasıl ihbarlar?"

"Yani..." Kuşkulu gözlerle öteki arkadaşlarına baktı yönetici. "Yani başka örgütler..." dedi.

Berat Koza inanmak istemedi buna. Duymak da istemedi. Aceleyle sözü değiştirdi:

"Peki ne yapacağız?"

"Sen uyurken biz konuştuk durumu. Senin için en iyisi Kuzey ülkelerine gitmek. Orada politik iltica alabilirsin. Daha önce gidenler de oldu. Daha da özgür ülkeler. Kopenhag'da bir arkadaşımız var. Her şeyi çözümler. Seni ona yollayalım, diye düşündük. Ne dersin?"

"Olur" dedi Berat. İçinde umutlar kıpırdamaya başladı.

"Ne zaman gitmek istersin?"

"Ne kadar çabuk olursa o kadar iyi."

"Yarın gitsen?"

"Bu akşam olsa daha iyi. Çünkü Almanya... Ne bileyim... Bir kötü yaptı beni."

"Şimdi çıkarız öyleyse. Tren saatlerini öğreniriz."

"Dükkânda birkaç eşya vardı."

"Oraya da uğrayalım. Tren varsa bu akşam çıkarsın yola. Hadi şimdi fırlayalım."

O gece tren bulamadılar.

Dükkâna gidip eşyaları aldılar, kimseler yoktu. Bir kâğıt yazıp masanın üstüne anahtarla birlikte bıraktı. Pek fazla açıklama yapmadı kâğıtta. Yalnız bir akrabasını bulduğunu, bir süre onun yanına gideceğini yazdı. "Yardımlar için sağ olun. Anahtarı bırakıyorum" diye ekledi. Çocukların evde hazırladığı yatakta yattı o gece. Ertesi sabah da trene binip Kopenhag'a gitti.

Ayrılırken çocuklar övünçle, sertçe sıktılar elini. Omuzuna vurdular.

"Gene görüşürüz arkadaş. Bize mektup yaz. İlişkiyi yitirmeyelim" dediler.

Berat Koza Kopenhag istasyonuna iner inmez adres kâğıdını çıkardı. Kalabalığın arasında yürürken bir elinde valizini taşıyor, bir yandan da diğer elinde sıkı sıkı tuttuğu kâğıda bakıyordu.

İstasyonun önünde, durakta, taksiler sıralanmıştı. Hafiften bir yağmur çiseliyordu. Taksiler şakır şakır parlıyordu yağmurda. Berat Koza en öndeki taksiye yaklaştı. Elinde tuttuğu kâğıdı uzattı. Şoför bir şeyler söyleyerek arkaya atla işareti yaptı.

Takside giderken gözlerini yumdu Berat Koza. İlk kez geldiği kente bakmadı. Bakmak istemedi canı, başını arkaya dayadı. Gözleri kapalı düşündü.

Ev, kent merkezinden uzakta, yağmurun yıkadığı temiz, ıssız yolların arasında, bahçelerle çevrili bir mahalledeydi. Dörder katlı, sarı, blok evlerden biriydi aradığı numara. Şoför de tam onun önünde indirdi Berat'ı.

Kapıyı, sarışın genç bir kadın açtı. Saçlarını topuz yapıp toplamıştı. Rengi soluktu. Gözkapakları gözlerinin üstüne düşmüştü. Birden ısındı Berat gördüğü genç kadına.

"Demir'i aramıştım" dedi İngilizce.

Genç kadın, "Evde yok" diye yanıtladı onu.

Birden duraladı. Sözü neresinden toparlayacağını bilemeden kadına baktı. Nasıl bulabilirim şimdi, diyecekti ama İngilizcesi aklına gelmedi.

"Ne zaman gelir?"

"Akşam, saat yedide..."

"Peki..."

Dönüp gitmekten başka çaresi kalmamıştı. Bu sırada kadının bacakları arasında küçük, sevimli bir çocuk yüzü göründü. Kadın çocuğu kucağına aldı, bekledi. Berat bir şey diyemeden, bir yere kıpırdayamadan bekliyordu. Kapı pervazına elini dayamıştı. Sessizlik uzadı.

Kadının kucağındaki çocuk, birden, elini Berat'a uzattı. Gülerek ve Türkçe, "Amca, amca" dedi

Yeni öğrendiği bir eşyanın adını tekrarlar gibiydi.

Berat Koza'nın içi sevgiyle doldu. Çocuğu kucağına alıp sıkmak, öpmek istiyordu. Çocuğun ona, orada, Türkçe olarak amca demesi, anlatılmaz bir sıcaklıktı.

"Türkçe biliyor musunuz?" diye sordu kadına heyecanla.

Kadın, "Bu biraz biliyor Türkçe" dedi.

Berat Koza ağır ağır konuşarak anlattı:

"Ben Türkiye'den geldim. Demir'i göreceğim. Kopenhag'a şimdi geldim. Gidecek yerim yok. Bir yer bilmiyorum."

Kadın, kapıdan çekilerek, "Buyurun" dedi.

Salonda çok az eşya vardı. Gri bir muşambayla kaplıydı yer. Pencereye doğru iki, eski, kadife koltuk duruyordu. Yüzlerce oyuncak yayılmıştı yere. Kadife koltuklardan birine oturdu.

Kadın, "Ben Demir'e telefon, şimdi..." dedi. Sonra mutfaktan kahve getirdi. Berat küçük çocukla oynuyordu.

"Adın ne?"

"Emre."

Genç kadına kahveyi içemeyeceğini söyledi. Midesini gösterdi. Kadın mutfağa gitti. Karton kutuda sütle bir bardak getirdi. Berat ağır ağır içti sütü. İlk geldiği andan beri ısınmıştı bu eve, genç kadına, çocuğa, görmeden Demir'e. İlk kez kendini rahat duyuyordu. Her davranışı için sağ ol, demek istiyordu genç kadına.

Biraz sonra, "İstersen içerde biraz uzan" dedi genç kadın. İngilizce konuşmuştu.

Berat gülümsedi. Genç kadının arkasından odaya gitti. Gösterdiği divanın üstüne uzandı. Kadın bir yastıkla battaniye getirdi ona.

Dışarıda yağmur hızlanmıştı. Camlara vuruyordu. Berat yattığı yerden cama doğru bakınca kararmış bir gökyüzü, kurşuni bir renk ve karşı binanın çatısını görüyordu. Bir güvercin konmuştu çatının kenarına, oluktan yağmur suyu içiyordu. Rengi, göğün rengine karışmıştı. İçinin ezildiğini duydu. Battaniyenin içinde dizlerini çekti karnına doğru, gözlerini kapattı. İçi sevecenlikle doluydu bu eve karşı.

"Merhaba arkadaş. Hoş geldin!"

Bir erkek sesi geliyordu kulağına. Uyandı. Esmer bir adam üzerine eğilmiş, omzundan sarsıyordu. Kapıdan da sarışın kadınla çocuğun baktığını gördü.

"Hoş geldin" dedi gene. Dost gülümsemeli, aydınlık bir adamdı.

Berat Koza kalktı. Demir'e Almanya'dakilerin yazdığı mektubu verdi.

"Sonra okuruz" dedi Demir. "Şimdi bir iki lokma bir şey yiyelim." Mektubu kitaplığın rafına koydu.

Mutfakta küçük bir masanın başına geçtiler. Genç kadın, kıymalı makarna koydu tabaklara.

Demir, şarap çıkardı. Çocuk maskaralıklar yapıyor, yemek istemiyordu. Genç kadın kucağına aldı çocuğu. Yedirmeye uğraştı. Daracık mutfakta neşe içinde yemek yediler.

Yemekten sonra kadın, çocuğu yatırdı. Yatmadan önce Berat Koza'yı yanağından öptü çocuk, Türkçe "İyi geceler" dedi. Elini başına götürüp "başbaş" yaptı.

Berat, "Biliyor musun?" dedi, "Emre benim hayatımı kurtardı."

Sonra, geldiği zaman olanları anlattı.

Berat'ın içindeki korkular, kasılmalar gittikçe çözülüyordu, bir rahatlama almıştı yerini.

Saat ona doğru mutfak masasının başında oturdular üçü. Masanın üstüne geniş bir lamba iniyor, ışığı üçünün de gözlerine vuruyordu.

Berat Koza kesik kesik anlatmaya başladı. Sonra açıldı. Ayrıntılarıyla son beş altı ayını anlattı. Oradan oraya gitmelerini, yalnız kalmalarını, öldürülen arkadaşlarını, umudunu yitirmelerini anlattı. Kadın gözlerini açmış, dikkatle konuşulanları anlamaya çalışıyordu. Arada bir Demir çeviriyordu söylenenleri.

Gecenin ileri bir saatine doğru, "Öyle ağır bir baskı altındayız ki burada" dedi Demir. "Gelen gazeteleri didik didik okuyor, kesip biriktiriyoruz. Bir haber alalım, bir gelen olsa, diye gözümüz hep yollarda. Kalkıp gideyim diyorum ama şu sırada..."

"Korkunç bir durum var içerde" dedi Berat Koza. "Herkes canını kurtarmaya çalışıyor."

"Doğru" dedi Demir. "Haklısın. Ama her şeyin bu kadar dışında olmaya, böyle güvenlik içinde yaşamaya hakkımız yokmuş gibi geliyor. Utanıyorum."

Demir'in dediklerini pek önemsememişti.

O gece gerçekten rahat, güvenlik içinde uyudu Berat.

Sabah hafif bir gürültü uyandırdı onu. Sokak kapısının yanındaydı yattığı oda. Bir şey düşmüş gibiydi.

Kalkıp baktığında, postacının attığı zarfları, dergileri, broşürleri gördü.

Cumhuriyet yazısı ilişti gözüne. Dikdörtgen bir paketti. Onu aldı yalnız, öbürlerine dokunmadı.

İki gün öncenin gazetesiydi. Yatağa uzanıp okumaya koyuldu.

İki kişi öldürülmüştü gene. Haberde olayın ayrıntıları veriliyordu. Yazıları, sıkıyönetim bildirilerini okudu. Günlük fıkralara göz gezdirdi.

"Devletin ve milletin bütünlüğüne kasteden şehir eşkıyalarından ikisi, dün güvenlik kuvvetlerinin teslim ol ihtarına uymayıp..."

Ancak o zaman anladı bir arpa boyu yol gittiğini, Türkiye'den hiç çıkmadığını, hiçbir zaman da çıkamayacağını; sınırların, yolculukların, buralara gelmesinin durumu daha ağırlaştırmaktan başka bir işe yaramayacağını...

Seçenek

Son on beş günü nasıl geçirdiğini bilemiyordu. Oradan oraya kaçmalar, yakalanma korkuları, tedirgin uykular kalmıştı aklında. Şimdi de şehirlerarası otobüste, önlerde bir koltuğa oturmuş, yarı uyuklayarak Anadolu'ya gidiyordu.

Öğrenciydi. Bu olaylar gelmeseydi başına bir yıl sonra bitirecekti üniversiteyi. İyi bir eğitim görmüştü. İki yabancı dili, anadili gibi konuşuyordu. En arkada, muavinin yattığı yerde cılız, renkli ışıklar vardı ama yetmiyordu aydınlatmaya. Dışarının karanlığı her geçen dakika koyulaşıyor, kalınlaşıyordu. Bütün düşünceleri kovup uyumaya çalıştı.

Gideceği kenti daha önce görmemişti. Anadolu'da gördüğü yer sayılıydı zaten. Pek dolaşmamıştı.

Arkadan birinin omuzuna dokunduğunu duydu. Dönüp baktı, yaşlı bir adamdı. Yüzü o denli kırışıktı ki bu karanlıkta bile belli oluyordu kırışıklıklar.

"Yak bakalım delikanlı!" dedi, sigara paketini uzatarak.

Sigarayı alıp, yaşlı adamınkini de kendininkini de yaktı.

"Dalmışsın derinlere evlat, düşünüp duruyorsun. Neresi memleket?"

"Ankara."

"Nereye bu gidiş böyle?"

"Bir tiyatro var da, onu bulmaya gidiyorum."

"Tiyatroculuk mu yaparsın?"

"Hayır, marangoz atölyem var. İş yapmıştım o tiyatroya. Alacak sorunu..."

"Ben de öğrenci sandıydım seni. Bu tiyatrocu takımına hiç güven olmaz. Parana sahip ol."

Yaşlı adamla konuşma bitince ayın altında iyice ıssız görünen tarlalara daldı. Tarlalar parlak bir kumaş gibi göz alabildiğine uzanıyordu. Arada bir eski, ilkel bir tulumba çarpıyordu gözüne. Bir yerde bu tulumbaların Hitit döneminden kalma olduğunu okumuştu.

Yaşlı adamın "Öğrenci sandıydım" sözü takıldı aklına.

Kente girmeden önce durdurdular otobüsü. Arkadan ve önden iki polis girdi. Acele ediyorlardı. Üstünkörü bir denetim yaptılar.

Çantasına göz attı hemen. Ama çantalara, valizlere bakmıyorlardı polisler. Rahatladı.

Sıra kendisine geldiğinde sahte kimliği hazırlamıştı elinde.

Polisler kısa zamanda bitirdiler işlerini, indiler. Otobüs yeniden yola koyuldu.

Büyük bir yerdi geldikleri yer; bölgesinin merkezi durumundaydı. Gece olduğundan pek fazla bir şey seçemedi.

Garajda meyveciler, çerez, gazoz satanlar, köfteciler bağırıp duruyorlardı. Fenerler sallanıyordu beyaz tenteli arabalarının üstünde.

Erdem, yaşlı adamı genç birinin karşıladığını, valizini aldığını gördü.

Yanına geldi adam.

"Haydi kal sağlıcakla" dedi. Sonra yanındakine, "Delikanlı öğrenci" dedi. "Otobüste tanıştık."

El sallayıp uzaklaştı. Biraz gittikten sonra geri döndü.

"Meraklanma geçer!" dedi.

"Efendim?"

"İyi olur, iyi olur!" dedi yaşlı adam, yeniden elini sallayıp yürüdü.

Adamın sözlerinden bir anlam çıkaramamıştı. Çok mu üzgün görünüyordu. Yüzünden belli oluyor muydu o kadar?

"Öğrenci değilim" demişti ama yaşlı adam inanmamıştı demek ya da unutmuştu. Bunun önemli bir şey olduğunu düşündü.

"Gözlük..." diye söylendi.

Çıkardı gözlüğü, cebine koydu. Güvenilir bir çevreye girene dek takmamayı uygun buldu.

Çantasındaki seçeneğe başvurmak istemiyorsa daha dikkatli olmalıydı bundan böyle. Başlamıştı işte.

Lacivert yol çantasını yüklendi, köfte arabasının önündeki beyaz gömlekli bir çocuğa tiyatroyu sordu. Eliyle, parkın arkasından geçen geniş yolu gösterdi çocuk. Oradan, sağlı sollu birkaç yola daha sapılacağını anlattı.

Çocuğun gösterdiği parkın içinden geçerken akşamları Anadolu kentlerine çöken hüznü, insanları birbirine sokulmaya iten gizemli havayı duydu. Ayrı bir şeydi bu, yeni bir duyguydu. Gecenin serinliğine karışan değişik ve baş döndürücü kokular duyduğunu sanıyordu. Eski kokular... İkili üçlü gezinenler göze çarpıyordu. Uzaklardan yanık, inlemeli şarkılar çalındı kulağına. Yazlık sinemadan geliyor olmalıydı. Evleri, ağaçları, insanları saran karanlık bile daha başkaydı burada. Yumuşak mıydı? "Kadife siyahlığı..." diye düşündü. Köşede kestanecinin önüne birikenler vardı.

"Tarihsel bir tortu gibi..." diye düşündü. "Ne kadar değişik her şey..."

Köşeyi döner dönmez gördü tiyatro yazısını. Hiçbir yerinde ışık yoktu, duvarları kararmıştı, camlı kapısı, girişi, gişesi karanlıktı. Kilitliydi her yer.

Yol yorgunluğunu o anda duymaya başladı. Her şeyi değiştiriyordu bu durum.

Gözleri ağrımaya başlamıştı.

"Gözlüğü taksam mı?" diye düşündü.

Tiyatronun karşısına düşen yerde, ışıkları yanan bir eczane iliști gözüne. Sokağın karanlığına sığınarak birkaç kez gitti geldi önünden, gözledi. Çok genç bir çocuk oturuyordu içerde, tezgâha kollarını dayamıştı, bir kitap tutuyordu elinde.

Eczaneye girdi.

"Buyurun!" dedi çocuk, kıpkırmızı bir sivilce vardı çenesinin üstünde.

Tiyatroyu aradığını söyledi.

"Niçin aramıştınız?"

"Bir iş yapmıştım onlara. Alacağım vardı."

"Haa!" dedi çocuk. "Bu gece burada değiller onlar."

Yakın bir kasabada oynadıklarını söyledi.

"Çok az vaktim vardı" diye mırıldandı Erdem. "Yarın Ankara'ya dönecektim."

"O zaman atlayıp gidin" dedi çocuk. "Yakın yer..."

Nasıl gidileceğini sordu.

"Taksi tutarsınız" dedi çocuk. "Ben telefonla çağırırım isterseniz."

Taksiyi beklerken bu Anadolu kentlerinde insanların daha yardımsever, daha yakın olduklarını düşündü.

Çocuğun, "Taksi tutarsınız" demesinin nedeni görünüşü müydü, yoksa "İş yaptım, alacağım vardı" demesine mi dayanıyordu? Sakin kafayla düşünecekti bunu.

Bu geceyi, tiyatrodaki arkadaşlarını bularak bitirmek için güçlü bir istek vardı içinde.

Büyükçe bir kasaba olmalıydı. İki tane sinema görünüyordu alanda. Önlerinde kalabalık vardı.

Yaklaştı, bekleyenlerden birine tiyatronun nerede oynadığını sordu. Birkaç kişi ilgilendi. Konuşmalarını kesmişlerdi.

"Ben duymadım" dedi biri.

"Olsa duyardık!"

"Tiyatro miyatro yok burada bu akşam."

"Başka bir sinemada olamaz mı?"

"Olsa bilirdik, biz bilmezsek...

O sırada arkalarda duran biri ilgilendi.

"Ne var? Ne oluyor?"

İnce bıyıklı oğlan, "İstanbullu bir arkadaş gelmiş, tiyatro geldi mi, diye soruyor" dedi.

"Nereden çıkardın İstanbullu olduğumu?" diye sordu Erdem.

"Hiiç" dedi çocuk. "Ne bileyim, öyle geldi."

Ayrıldı oradan. Ne yapacağını düşünüyordu şimdi. Kasabada bir otele mi gitmeliydi; kente mi dönmeliydi yoksa? Küçük yerde daha çok göze batardı. En iyisi kente dönmekti.

Büyük bir yorgunluk çökmüştü üstüne. İçinden, bir yere kıvrılıp uyumak geliyordu.

Kıyıdaki anayola çıktı. Karanlıkta, deniz kıyısından asfaltın kenarındaki daracık şeritte yürüyordu. Arkadan otomobiller geldikçe toprak şeridin iyice sağına kayıyor, farlar büyüyüp gürültü yaklaşırken ürküyordu. Yol üstünde beyaz bir yapı çıktı karşısına. Yaklaşınca "Otel" yazısını okudu. Altı, sabahçı kahvesiydi.

"Geceyi burada geçirsem..." diye düşündü, kahvenin önünden geçti birkaç kez. Dumanlı camların arkasında beş altı kişinin kâğıt oynadığını görüyordu. Tam içeri girecekken durdu. Bu saatte göze batacaktı burada. Genç, öğrenci kılıklı, İstanbullu... Her şey radyodaki arama listelerini çağrıştırıyordu. Gözlüğü çıkarmanın da işe yaramadığını düşündü.

Karar veremiyordu. Yürüdü geçti oteli. Yorgunluktan her yanı ilik ilik çözülüyordu.

"Turistik yerdir. Kampçıyım desem inanmazlar mı?" dedi kendi kendine, otele doğru geri döndüğü sırada.

Tam yaklaştığında kahvenin kapısı açıldı. Birkaç kişi çıktı dışarı öksürerek. Kasabanın yerlileriydi. Onları görünce geri döndü hemen, oradan uzaklaştı.

Gelip geçen otomobillere el kaldırmaya başladı. Arkasında farlar parlayınca gelenin otobüs mü, kamyon mu, taksi mi olduğunu seçmeye çalışıyordu. Yanlışlıkla polis arabasına da el kaldırabilirdi insan.

Bir otobüs durdu, yolun sağına çekti. Yarı beline kadar sarkan muavin aldı içeriye onu, en arkaya oturttu.

İçi dışı sigaradan zifir gibiydi. Açlık, yollarda geçen günler, toz, yorgunluk, bindiriyordu. Tiyatronun nerede olduğunu düşünmeye çalıştı. Ya başlarına bir şey geldiyse? İşte gene yeni bir durum. Eğer tiyatroya bir şey olduysa o da tehlikede demekti. Tiyatroyu sormuş, aramış, önünde dolaşmıştı. Eczanedeki çocuktan da kuşkulandı. "Anadolu kentlerindeki insanların yakınlığı, dostluğu" düşüncesini anımsadı. Oyun mu oynanıyordu yoksa? Kapana mı girmişti? "Biraz abartmaya başladım" diye yatıştırdı kendini. "Bir şey olduğu yok. Gidip bir daha bakayım tiyatroya."

Kente gelince, garajlara varmadan ineceğini söyledi muavine. Bir köşebaşında bıraktılar. Bütün yolculuk boyunca hiç elinden bırakmadığı lacivert yol çantasını alıp tiyatroya doğru yürüdü. Sokaklarda kimse kalmamıştı, karanlıktı evlerin camları.

Bir bahçe duvarının üstünden sessizce, beyaz bir kedi geçti. Ayak seslerini hafifletti, yere yumuşak basmaya başladı.

Üç beş dakika sonra parkı tanıdı, bir başka köşesindeydi şimdi.

Uzaktan baktı tiyatroya, köşebaşına gelmeden bir apartmanın kuytusuna sindi. Bir ara camlarda ışık görür gibi oldu. Sonra kaydı gitti ışık. Kilitli ve karanlıktı yapı.

Eczanede bir hareket görülmüyordu. Çocuk, masanın başında, kollarını yastık yapmış, uyur gibiydi. Bir süre daha bekleyip çevreyi dinledi. Hiç ses yoktu.

Kapıyı açıp eczaneye girdi. Uyanan çocuk, ışıktan kamaşan gözleriyle baktı Erdem'e.

"Ne oldu?" dedi, "bulamadınız mı?"

Hâlâ "siz" diyordu çocuk. Bu tatsız ayrıntı dikkatini çekti o karışık anda.

Anlattı.

"Keşke öteki kasabaya da baksaydınız gitmişken" dedi çocuk. "Oradan on dakika bile sürmez. Keşke baksaydınız. Tüh, tüh!"

"Nereden biliyorsun orada olduklarını?"

"Aynı kasaba sayılır, çok yakın. Birinde yoksa, ötekindedirler. Yaparlar böyle değişiklikler...

"Bir taksi daha çağırır mısın?" dedi çocuğa.

O ikinci kasabada da sinemanın önünde indi. Girişte yeri süpüren çocuğa sordu tiyatroyu.

"Gelecеklerdi ama program değişmiş" yanıtını aldı. Başka bir şey bilmiyordu tiyatro hakkında.

"Çok uzattık bu işi!" dedi kendi kendine. "Saçmalık."

Kıyıdaki anayola çıkmak için çakıllı toprak bir alandan geçti. İkidir aynı yanlışı yapıp taksiyi bekletmediğini düşünüyordu. Yapılmaması gereken yanlışlardı bunlar. Bir kasabalının geldiğini gördü, karanlığın içinden çıktı önüne adam. Neden olduğunu bilmeden ona da sordu tiyatroyu.

"Valla geçen bir konser olduydu. İstanbul'dan şarkıcı karılar falan geldiydi" dedi adam.

Yola indi, asfaltın yanındaki şeritten yürümeye koyuldu gene. Bu kez sürüklenir gibi bir garip gidiyordu. Açık yakasından rüzgâr doluyordu içine. Ellerini ceplerine soktu.

Yanından kamyonlar, tankerler geçiyordu.

Deniz kıyısında sazlar bitmişti. Yanı kumluktu. Yoldan aşağı vurdu, kumlara gömüldü her adımda. Sazlığın yanına oturdu.

Kalabalıktan, polislerden uzak bir yerdi işte. Kimse bulamazdı kendisini orada. Sık ve büyüktü sazlık, oracıkta kumlara gömülüp uyusaydı.

"Gülünç olma!" diye söylendi. Yatamayacaktı. Hiç dışarda yatmamıştı daha önce. Hem sazlığa her baktığında, kaygan hayvanlar, sürüngenler dolaşıyormuş gibi oluyordu yanında yöresinde. Kalkıp hemen yola çıktı.

Bu kez bindiği bir minibüstü. Tıklım tıklımdı. Arka koltukta sıkışıp yer verdiler.

Yanındaki cam kapanmıyordu bir türlü. Yel çırptı yüzünü, gözlerini sulandırdı. Minibüstekilerin yüzleri koyulaşmıştı kör ışıkta. Avurtları çökük, esmer yüzler. Yanında, iriyarı bir adam ile başı torlu bir kadın oturuyordu; bir çocuk vardı kucağında. Sepetlerinden biri Erdem'in ayağının altındaydı.

Kente geldiler. Geceyarısıydı. El ayak çekilmiş ortalıktan. Bir otel bulup yıkanmak, sonra sabaha dek rahat bir uyku çekmek niyetindeydi.

Bir fayton tuttu, çuval gibi yığılıp kaldı içinde. Atların nalları şakırdıyor, karşı yapılarda yankılanıp dağılıyordu.

Bir otelin önünde durdu fayton. İndi, tezgâhın arkasındaki uykulu kâtipten yer sordu. Daracık bir merdiven gidiyordu yukarı doğru. Salonda kimse yoktu.

"Tek kişilik odamız yok" dedi kâtip. "Üç kişilikte bir yatak boş."

Çıktı oradan. Başka otel aramaya koyuldu.

Girdiği ikinci otelde önce kimseyi göremedi. Sonra arkalardan, uykulu, gözleri çipil çipil, uzun, soluk bir çocuk çıkageldi. Yerde, bordo renkli, kirli bir yolluk vardı. Oturma salonu cam bir bölmeyle ayrılıyordu. Tek kişilik oda buldu orada.

Dar merdivenlerde kâtibin arkasından çıkarken içine bir erinç dolmuştu.

Bir sehpa ile birkaç kırmızı koltuk duran holden, loş bir koridora giriliyordu. Nemli, ağır bir koku vardı otelde.

Kâtibe banyo yapacağını söyledi. Banyo her koridorda bir taneydi. Gecenin sessizliğinde bol sıcak suyla yıkandı. Gözleri kapalı duşun altında dururken tam tepesine çarpıp dağılan sular, tedirginliğini, kuşkularını alıp götürüyordu.

Odaya, çantasından gömleklerini, pantolonlarını, çamaşırlarını çıkarıp yerleştirdi. Sonra çantayı özenle kilitleyip göze çarpmayacak bir yere kaldırdı. Çok çaresiz kalırsa gerekli olacaktı kendisine çanta.

Çok kısa bir süre içi geçer gibi oldu. Sivrilen bir düşünceyle uyandı. Odaya sokak lambalarının ışığı düşüyordu. Fayton şakırtıları, ayak sesleri geldi kulağına.

Gövdesinde, uyutmayacak kadar ağır bir yorgunluk vardı. Kalkıp balkon kapısını açtı, serindi balkon taşları, ayaklarını donduruyordu. Rüzgâr başlamıştı dışarda. Kâğıtları, teneke parçalarını sürüklüyordu. Sallanan tabelaların gıcırtılarını duydu.

Sokağın başında iki gölge yaklaştı. Konuşarak geçtiler.

"Yarın babama iki satır yazayım" dedi. "Merak içindedirler."

Bir arkadaşı gibi yazacaktı babasına: "Aziz kardeşim Fahrettin..."

İçeri girip balkon kapısını kapattığında gözkapakları düşüyordu.

Uçsuz bucaksız, alabildiğine bir beyazlık içinde gördü kendini. Yere basmadan, kayar gibi çok hoş bir duyguyla yürüyordu karlar arasında. Gökyüzünden çok büyük parçalar düşüyor, yavaşça konuyordu. İri, beyaz, tüy parçaları gibiydi. Ayakta kıpırdamadan durmuş, gözlerini kocaman açmış kendisine bakanların başına konup birikiyor, beyazlaştırıyorlardı. Üniversitedeki arkadaşları –şimdi öldürülmüş olanlar bile– örgütteki nişanlısı, babası Prof. Fahrettin Bey... "Düş görüyorum" diye düşünüyordu.

Uyandı.

Yavaşça ağarıyordu hava. Kentte sesler başlamıştı. Uzaktan bir ezan sesi geldi. Sonra başka ezanlar karıştı ona. Arka arkaya her yerden ezan sesleri yükselmeye başladı.

Öğlene doğru rüzgâr artmıştı. Sıcak, insanın yüzüne çarpan, toz, kum getiren bir rüzgârdı.

Her şeyden önce saçını kestirmeyi düşünüyordu. Açık sarıya çalan saçları dalgalı ve uzundu. Yumuşak kıvrımlarla dökülüyordu kulaklarının üstünden. Gözlük gibi bir engel, diye düşünüyordu saçlarını.

Birkaç berber dükkânının önünden geçti. Beşaltı koltuklu, büyük dükkânlardı. İstediği tıraşı yapamayacaklarından korktu. Daha yeni saç kesimleri denerlerdi. Bir yokuştan çıkarken gördü dükkânı. Genç bir çırak vardı içerde. Beyaz gömleği büyük geliyordu, bacaklarına dolanmıştı.

Ustasını çağırmak istedi önce, kahvede kâğıt oynuyormuş.

"İstemez, sen yap!" dedi.

Çocuk acemice tutuyordu makası. Ürkekti. Çok yavaş çalışıyordu.

Bir yandan uzun saçları kesilirken bir yandan da aynada kendini süzüyordu Erdem. İnce yüzüne, düzgün burnuna, gözlerine bakıyordu. Gözlüksüz de olsa bakış çok önemliydi. Şöyle içerden, derin, serinkanlı bakışın da değiştirilmesi gerekiyordu. Her şeye, eleştirerek, irdeleyerek bakıyor gibiydi.

Ayna karşısında bir oyuna girdi. Yumuşattı bakışlarını, tatlılaştırdı. Yok! Bu kez de iyimser bir aydın kişiliği...

Çocuk bitirdi tıraşı. İstediğinden de kötü olmuştu, çok kısaydı. Ensesi bembeyaz çıkmıştı ortaya.

Berberden sonra tiyatroya bakmaya gitti. Bir gün önceki gibiydi, hiçbir hareket göze çarpmıyordu.

Öğleden sonra oyalanmak için bir sinemaya girdi. Salonda, karanlıkta oturmuş, filmle ilgilenmeden ne yapacağını düşünüyordu. Akşam bir kez daha arayacaktı tiyatroyu. Ama umudu yoktu artık.

Sinemadan çıktığında akşam serinliği çöküyordu.

O gece de gelmedi tiyatro, ertesi gün de...

Akşamı otelde geçirdi Erdem, kitap okudu. Bir ara aynada iyice inceledi kendini. Güneş yanığıydı yüzü şimdi. Sağlıklı, diri, açık havada yaşayanlara özgü bir anlatım kazanmıştı. Gözlüksüz ve kısa saçlı oluşu da yardım ediyordu buna.

Ertesi gün kentte canı sıkılarak dolaşırken farkına varmadan garajın yakınına geldi. Gene o soru takıldı aklına: Gitmesi daha mı doğruydu? Daha mı akıllıcaydı İstanbul'a dönmek?

Kulakları sağır edecek bir gürültü vardı garajda. Her otobüsün önünde üç kişi avazı çıktığı kadar bağırıp müşteri çağırıyordu.

Büfeden bir sandviç aldığı sırada bir polisin kendisine doğru geldiğini gördü. Şapkasını yana yıkmış, bıyıklı, genç bir polisti.

"Adın ne?"

"Kadri!" dedi.

"Kimliğini göster!"

Çıkarıp verdi.

Uzun uzun kimliği inceledi polis.

"Öğrenci misin?"

"Hayır, marangoz atölyem var."

"Nerede?"

"Ankara'da."

"Niye geldin buraya?"

"İş yaptım. Alacaklarım var."

Kararsız durdu polis, bir kimliğe bir Erdem'e bakıyordu. Uzattı kimliği, sonra dönüp gitti.

Erdem bir kez daha atlattığını düşündü.

Korktuğu başına geliyordu, daha da kaç kez gelecekti kim bilir! Gözlüğü çıkarması, saçını kestirmesi, yanması, kaşını çatması yetmiyordu demek ki!

"Belki de giysiler!" dedi. Spor bir ceket vardı üstünde, bir de desenli kısa kollu gömlek, sıradan bir pantolon...

Sokağa girer girmez haykırmaya başladı satıcılar.

"Bir şey mi gerekli kardeş?"

"Buyur beyefendi, içerde mallar var!"

"Amerikan takımlar var abi!"

İkinci el mal satan dükkânlardan birine daldı, adam durmadan konuşuyor, takım elbiseler çıkarıyordu.

"Bana bir takım ver usta" dedi Erdem. "Pek züppe işi olmasın."

"Hay hay! Hay hay!" dedi adam.

Ucu çengelli bir sopayla, tepelerden askıya asılmış üç dört takım indirdi. Az kullanılmışa benziyorlardı. Serdi tezgâhın üstüne. Erdem ilgiyle gözden geçirdi elbiseleri. Kahverengi bir takım en sıradanı, en kötü dikilmiş olanı gibi geldi. En çok kullanılmış olanı da oydu. Dirsekleri, yakası parlıyordu.

"Şunu bir giyeyim usta" dedi. "Bakalım olacak mı?"

Dükkânın arkasında giydi takımı. Boru gibi iniyordu pantolon. Kendi giydiklerine göre çok boldu.

"Bir de beyaz gömlek ver usta" dedi.

Gömleklerin arasından seçip getirdi adam. Yakası yıpranmış bir gömlekti.

Giyindikten sonra kendini aynada süzünce ilk aklına gelen, "Bundan fazlası olmaz artık!" oldu. Bedeni bile değişmiş, hiçbir inceliği, çevikliği kalmamıştı. On kilo daha almış gibiydi.

Dışarı çıktığında bir garip duymaya başladı kendini. Sanki yürümeyi yeni öğrenmiş gibiydi, kolu bir yana gidiyordu, bacağı bir yana... Ceketin yakası boynunu kesiyor, iki adımda bir boynunu uzatıp başını sağdan sola çevirmesine neden oluyordu.

Şimdi çevrenin ilgisini daha çok çekiyormuş gibiydi ya da öyle geliyordu ona. O güne dek edindiği yürüme, hareket etme alışkanlıklarının tümünü yitirmişti âdeta.

"Aptallık ediyorum! Aptallık ediyorum!" diye söylendi. Çocukça denemelerdi bunlar. Sonunda dönülmeyecek, tehlikeli bir noktaya götürecekti kendisini. Otele gitti. Yeni aldığı elbiseyi çıkardı hemen.

Lacivertli mavili yol çantasının içinden birkaç parça giysiyi aldı. Astarını söktü, sonra pasaportla yabancı paraların durduğu yeri...

Dolaptaki eşyalarını topladı. Hesabı kesecekti otelle...

Kentin sokaklarındaydı şimdi. Kalabalığın arasında kuşkusuz ve güvenli dolaşıyordu. Kısa şortu, sırtındaki tişörtü (yabancı üniversitenin adı yazıyordu üstünde), yuvarlak tel gözlüğü bir damga gibi taşıdığını düşünüyordu; herkesin bakar bakmaz anlayacağı, hiç kuşkulanmayacağı, kendisinin de onca başarısızlıktan sonra yadırgamadığı bir damga... Lacivert çantasının astarına pasaportu ve paraları yerleştirirken babasıyla tartışmışlardı. Adam, baştan, o kılığı ve pasaportu kullanmasını istiyordu. "Daha gerçekçi olduğumu kabul et lütfen!" Ama, kabul etmeme eğilimi öyle ağır basıyordu ki uzun bir denemeyi göze alabileceğini duymuştu içinde, tehlikelerini de hesaba katarak.

Yoldan gelip geçenler baktıkça tedirginliğe kapılmıyor, yadırgamıyordu. Ne olduğu belli, hiç kuşku çekmeyen bir kılıktaydı. Yazın, kentin günlük yaşamına karışan olağan bir görüntüydü artık. Yalnız çocuğun biri yol ortasında:

"Anne bak!" diye bağırmıştı, "turist benim gibi kısa pantolon giymiş."

Görüş

Müslim kızardı, bozardı, yutkundu ve güçlükle:

"Guten tag!"[1] dedi.

"Guten tag!" dedi karısı da.

"Wie geht's dir?"[2]

"Danke gut. Und dir?"[3]

Soğuk, beyaz duvarlı bir odada konuşuyorlardı. Almanya'daki bir cezaevinin görüşme yeriydi burası. Aralarında bir cam bölme vardı. Müslim Acar camın bir yanında, karısı Hayriye de öteki yanındaydı. Konuşmaları, tepelere yerleştirilmiş mikrofonlarla banda alınıyordu.

Müslim, esmerlikten saçları lacivert gibi görünen zayıf bir adamdı. Yeni tıraş olduğu zaman bile sakal dipleri yüzünü gölgeli gösterirdi. Avurtları çökmüştü.

Karısı Hayriye yirmi beş yaşlarında, balık etinde, alımlı bir kadındı. İki çocuk anasıydı.

"Amma da yanmış" diye düşündü Müslim. "Amma yanmış, bizim oranın sarı güneşi, kızgın güneşi. Yanakları al al. Niye gelmedin daha önce? Ha? Duymadın mı? Duymadı mı? Belki! Anında haber verirler diye düşünmüştüm. Duymadı demek, gelirdi, gelirdi. Yazmadılar. Yanmış, pırıl pırıl yanıyor

1. İyi günler.

2. Nasılsın?

3. Sağ ol iyiyim. Ya sen?

yüzü, amma da gergin. Ne güzel kadınmış. Şimdi bana mı bulacaksın suçu? Anlamadan dinlemeden hem de. Neler geçiyor kafasından, ne gibi şeyler? Ne demişlerdir? Müslim adam bıçakladı... Bir mektupta. Şimdi öyle bakarsın yüzüme. Niye böyle yaptı, diye düşündün mü? İçin yandı mı? Senin ardından iki hafta sonra geliverseydim, hiç bunlar gelmeseydi başıma... felek!"

Yutkundu gene. Çok ağır bir taşı kaldırır gibi sordu:

"Wie geht's vater?"[1]

"Gut."[2]

"İyiydi" diye düşündü Hayriye. "Evvel eski severim zaten. Haberi duyunca ya? Eli kolu kalkmaz olmadı mı? Daha önce torunlarını kaptığı gibi kasabaya götürmeler, leblebi şeker almalar... Hüseyin'in mektubu gelip de Müslim'in elinden bir kaza çıktı, haberini duyuncaya kadardı hepsi. İki hafta sonra geleceğim, demiştin. Niye önce yolladın bizi? Ne bileyim? Sabretseydin, elin itine kopuğuna aldırmasaydın olmaz mıydı! Çoluk çocuk sahibi bir adam..."

"Wie geht's mutter?"[3]

"Auch gut."[4]

"En büyük kötülük bunlara oldu, buncağızlara. Bırak anayı babayı, şu kadınla çocuklara dokundu ucu. Nasıl titriyor dudakları. En çok sevdiğim. Nasıl yanmış, gergin –hay Allah!– Göğsü germiş elbiseyi... İzin yaramış buna. Olmayıverse şu cam diyorum, bir dokunsam şöyle... Şu göğsünün gerdiği düğme..."

Müslim, içini ısıtan düşünceleri karısının da anladığını sandı. İkisinin de gözlerinde, bir an buluşan bir "ayıba katılma" parıltısı yandı söndü. Müslim silkindi.

1. Babam nasıl?

2. İyi.

3. Anam nasıl?

4. O da iyi.

"Wie geht's kindern?"[1]

"Gut."[2]

Bu kez Müslim'in sesi boğuk, Hayriye'nin sesi ise titrek bir yumuşaklıkta çıkmıştı. Sorduklarıyla ilgisi yoktu seslerinin. Müslim gözünü dikmiş, gittikçe daha hızlı soluyarak karısının güzel yüzüne, gergin göğsüne bakıyordu.

"Ne kadar sürecek bu?" diye geçiriyordu içinden Hayriye. "İzni kesip gelirsem her şey düzelir sanmıştım. Ama hiç öyle olmadı. Hele seni böyle camların arkasında görünce böyle buralarda Almanca konuşarak... Dilimiz de dönmez, hiç olmazsa iki kelime konuşabilseydik... Hiç umudum kalmadı. Böyle mi geçecek hep?"

Müslim de bu sırada, "O gece uğramasaydım kulübe" diye düşünüyordu belki bininci kez. "Ayaklarım kırılsaydı da gitmeseydim. Gitmeseydim, hiçbiri gelmeyecekti başıma. Sonra, sövdüyse sövdü. Ne olur, kıyamet mi kopardı sesimi çıkarmasaydım! İyi ki, iyi ki ölmedi, iyi ki ölmedi. Çok şükür Allah'ıma, ölmedi."

"Wie geht's bruder?"[3]

"Gut. Er heiraten."[4]

"İşleri iş onların, yeni evli... Gelin de pek güzel. İşi iş kayınbiraderin. Bizi de Almanya'ya aldırın, diye tutturdu. Askerlik bitti, evlendi de... Hele başımızdaki şu bela bir gitsin de dedim ama bu bela nasıl gidecek?"

Her soru ve yanıttan sonra ikisi de susuyordu.

Sessizliğin iyice yoğunlaştığı odada birbirlerine bakıyorlar, biri atılıp bir soru daha soruyordu.

Bu kez Hayriye bozdu sessizliği:

1. Çocuklar nasıl?

2. İyi.

3. Kardeş nasıl?

4. İyi. O evlenmek.

"Brauchst du etwas?"[1]

"Ja. Bring mir wasche."[2]

"Ich. Ignen geld geben."[3]

"Kime para vermiş, ne parası?" diye düşündü Müslim, Nereden çıktı para? Borç harç mı? Memlekette mi verdi yoksa babamgile mi?"

"Wem?"[4]

Hayriye gereken sözcüğü bulamıyordu bir türlü. Sıkıyor, kıpırdanıyordu.

"Sie werdenes dir geben."[5]

"Den wachtern?"[6]

Sevindi kadın.

"Ja den wachtern."[7]

Sonra gene sessizlik oldu. Göz göze geldiler.

"Ne kadar verirler ki?" diye geçirdi içinden Hayriye, buralarda yıllarca yatarsa benim halim ne olacak? Çocuklar? Kendisi ne düşünür acaba? Aklına geliyordur, gelmez olur mu? İncelmiş daha da... Yemeklerini yiyemiyordur. Boynu çöp gibi kalmış..."

"Ich komme nachste wieder."[8]

"Gut, komm!"[9]

1. Bir şeye ihtiyacın var mı?

2. Evet. Çamaşır getir.

3. Ben onlara para vermek.

4. Kime?

5. Onlar sana verecekler.

6. Gardiyanlara mı?

7. Evet, gardiyanlara.

8. Gelecek hafta gene gelirim.

9. İyi, gel.

"Willst du kinder sehen?"[1]

Çocukları geldi gözünün önüne. "Onlar da anaları gibi yanmış, marsık olmuşlardır" dedi içinden. Yüreğinin yumuşadığını, mayalı hamur gibi kabardığını duydu.

"Nimm sie nicht hierber!"[2]

"Çocuklar gelip tercümanlık mı edecekler bize, hem nasıl Almanca konuşayım ben onlarla? Türkçe konuşsak olmaz. Baba diyemeyecekler mi? Şimdi yıllarca kalırsak burada, biz de yandık, bu kadın da, çocuklar da... Kocası sağken dul kalacak fukara. Kocasız kadını rahat bırakmazlar. Takılan olacak buna. Genç kadın, güzel... Sağlam durur mu ki? Durur tabii. Ya çok üstüne düşerse bir kopuk? Kaç yıl süreceği belli değil... Ooof felek!"

Hayriye'nin, *"Wann kommt Richter?"*[3] dediğini duydu.

"Was meins du?"[4]

Hayriye gene sıkıntı içinde geveleyerek bulabildiği sözcükleri sıraladı arka arkaya: *"Richter, Gericht..."*[5]

Bu kez anladı Müslim. Geniş geniş gülerek elini salladı:

"Bald. Ich bin bald frei."[6]

"Anlıyor" diye düşündü arkasında da. "O da biliyor yalan olduğunu. Adam bıçaklayanı serbest bırakırlar mı hiç. Ama ne deseydim?"

"Hüseyin *sagt zwei jahre straff."*[7]

"İşte ilk kopuk takılmaya başlamış bile" diye düşündü. İnce bıyıklı Hüseyin'in sırıtışı, yılışık bakışları geldi gözünün önüne.

1. Çocukları görmek ister misin?
2. Buraya getirme onları.
3. Ne zaman gelir yargıç?
4. Ne demek istiyorsun?
5. Yargıç, mahkeme...
6. Yakında. Yakında serbestim.
7. Hüseyin iki yıl ceza dedi.

"Hüseyin *weiss nichts!*" diye bağırdı kadına. "*Sprich nicht mit ihm!*"[1]

Hayriye, "Kıskandı" diye düşündü. "Kıskandı, kıskanır tabii. Ama baştan düşünmez hiç ne olacağını. O gün kulübe gitmesen ne vardı. Gittiysen kimseye takılmadan otursaydın ya! Şimdi böyle kıskanmalar, bilmem neler..." Aklından geçenleri kocası anlamış gibi aceleyle atıldı:

"*Vom dorf ich habe essen für dich.*"[2]

İlk anda şaşırdı Müslim.

"*Was für essen?*"[3]

"*Du weisst...* Tarh..."[4]

Hemen sustu Hayriye. Çekinerek mikrofonlara doğru baktı. "Yasaktır, yasaktır tarhana da demek. Ama nasıl anlatayım ben şimdi; sucuk, tarhana, bulgur, pekmez, şebit ekmeği, diye?..."

"*Du weisst... gut Dorf brot, Türkich wurst.*"[5]

Müslim, eliyle koluyla işaretler yapan karısını, dilinin dönmediği yalan yanlış Almanca sözcüklerle uğraşır görünce bir utanca kapıldı. Kadının o duruma düşmesinde kendisini suçlu gördü.

"*Du sollt jetzk gehen.*"[6]

Hayriye ayağa kalktı.

"*Ja. Ich gehe. Tjüss!*"[7]

İkisi de ayakta birbirlerine baktılar.

1. Hüseyin bir şey bilmez. Konuşma onunla!

2. Köyden sana yiyecek getirdim.

3. Ne yiyeceği?

4. Bilirsin işte. Tarh...

5. Bilirsin... güzel köy ekmeği, sucuk.

6. Gitmelisin şimdi.

7. Evet gidiyorum. Hoşça kal!

"Tjüss. Küss die kinder von mir."[1]

İkisi de çıkacakları kapılara doğru ilerlediler. Orada durakladılar bir an.

"Auf wiedersehen!"[2] dedi Hayriye.

"Ja. Auf wiedersehen!"[3]

Gene durdular.

Müslim karısının bedenine, göğsüne, bacaklarına baktı, sonra yüzüne... Gözleri karşılaştı bir kez daha. Müslim sıkıntıdan, kederden ve utançtan boğulacak gibi oldu. Mikrofonlara baktı.

Bir an olanlara, olacaklara, hiçbir şeye aldırmadığını duydu içinde. Ne daha öncesi ne de daha sonrası önem taşıyordu. Cama doğru atılıp elleriyle cama vura vura, baskı altına alınmış sesinin bütün gücüyle haykırmayı denedi.

"Güle güle git Hayriye, gene gel, çocukları şöyle bağrına bas benim için, kokla iyice, tamam mı? Köydekiler iyi mi? Anam babam, Sait nasıl? Tarhana mı getirdin, sucuk mu, pestil mi? O it bana takılmasaydı iyiydi ya, işte... Gene gel Hayriye, ben buradan çıkarım, camlarının, aletlerinin, teyplerinin içine tüküreyim Hayriye..."

Son anda, çoluk çocuktan ayrı geçecek yıllara, yeni yıllar eklemek korkusu içine düştü. Sanki belkemiğinden aşağı bir buz parçası kaya kaya inmişti.

Birikmiş bütün soluğu, sönen bir balonun çıkardığına benzer bir fısıltıyla söndü. Omuzları düştü. Gözlerinde acı çektiğini belirten bir iniltiyle baktı karısına.

1. Güle güle. Çocukları benim için öp.

2. Görüşmek üzere.

3. Evet, görüşmek üzere.

Üniforma

Büyük bidonun arkasında, toza toprağa bulanmış üniformalarıyla dört polis vardı. İçlerinden biri Bekir'di. Soluklarını tutmuş, kafalarını bidondan fazla çıkarmamaya çalışarak bekliyorlardı.

Her şey, kızgın ağustos güneşinin altında uyuşmuş gibiydi. İnceden inceye, cırcır böceklerinin sesi duyuluyordu. Ancak dikkat edilirse duyulan bir vızıltı gibiydi bu da. Uzakta, şehirlerarası yolun, güneşte yılan gibi parladığı görülüyordu.

Bekir terlemişti. Tam beklemekten iyice bunaldığı sırada bir motor sesiyle irkildi. Dördü de yan yatmış dev bidonun arkasına sindi.

İki araba görünüyordu. Arka arkaya gelip önlerinde durdular. İkisi de siyahtı. Birinci arabadan iki erkek bir kadın indi, ikinciden de üç erkek. Erkeklerin hepsinde koyu renk giysiler vardı. Bıyıklıydılar. Kadın mini etekliydi. Erkeklerin sağ elleri ceketlerinin içine, sol koltuk altlarına doğru uzanmıştı.

Bekir tabancasının emniyetini açtı. Tam son anda sırtından bir ürperme geçti, belkemiğinden aşağılara doğru yayıldı. Sesi, tozun toprağın içinden patlayıverdi.

Gelenler hiç şaşkınlığa kapılmamışlardı. Hemen silahlarına asılıp kendilerini siper bir yere atmak istediler. Kadın bir çığlık atıp yere kapandı. Bekir yay gibi fırlayıvermişti. Tabancası güneşte menevişlenip çaktı söndü.

Bidonun üstündeydi şimdi. Üst üste hızla ateş etti. Karşısındakileri etkisiz hale getirdiğini biliyordu. Bilmesi gerekliydi. Başka türlü olamazdı!

"Stop!" diye bağırdı adam. "Fena olmadı bu. Hiç fena olmadı!"

Yerde yatanlar kalkıp tozları silkelediler üzerlerinden.

Bekir birden bütün büyünün bozulduğunu duydu, insanlar, çocukların tahta kutucukları üst üste koyarak oynadıkları oyundaki gibi yerli yerine oturuvermişti. Ortalıktaki kameralar toparlanıp kente dönmek için arabalara binilene kadar çömelip kaldı. Başına ateşten bir çember geçirmişler gibi beyni uyuşmuştu. Yıldızlı polis şapkasının iki yanından ter süzülüyordu.

Gözlerinde kara benekler uçuşmaya başlamıştı. Bir ara, görüntüyü dalga dalga bozan buharlaşmış havanın gerisinde mini etekli kızın bacaklarını gördü. Onlara daldı.

Kente döndüklerinde hava serinlemeye başlamıştı bile. Film şirketinin yazıhanesinde hesap kesip paralarını alacaklardı. Giysileri de bırakacaklardı orada.

Bekir dağınık odada soyundu. Ağır ağır her bir parçayı çıkardı. Biliyordu ki bundan böyle hangi giysiyi giyerse giysin üniformayla boy ölçüşemezdi. Bu polis giysisi başkaydı. Yüzü bile, gövdesi, gözleri, elleri bile değişiyordu giydiği zaman. Sırtı dikleşiyor, yüzüne ince, keskin çizgili, sert, yakışıklı bir anlatım gelip yerleşiyordu. O giysi, derleyip toplayan bir kalıpmış da çıkardığı zaman gövdesi biçimsizleşecek, pelteleşip akıverecek sanıyordu.

Pantolonu da çıkardı. Özenle, çizgisi çizgisine getirip katladı. Askıyı dişleriyle tutup pantolonu, gömleği, ceketi astı. Üstüne de şapkayı taktı.

İçinde insan yokken bile anlamlı bir giysi olduğunu düşünüyordu. Ama biraz önce üstlerini değişip çıkmış üç polise pek de o kadar yakışmamıştı.

"Hımbıl hımbıl duruyorlar, sırtlarında koskoca üniformayla" diye söylendi.

Soluk mavi, keten pantolonunu, üstüne de beyaz gömleğini giydi. Aynada kendine baktı. Yüzünü buruşturdu. Küçük, aciz bir çocuk gibi oluvermişti, insan ne kendini saydırabilirdi böyle bir kılıkla ne de kızlarla konuşabilirdi.

Polis giysisini askıdan sıyırıp aldı. İyice bükerek yerdeki gazete kâğıdına sardı. Yavaşça açtı kapıyı. Dışarıya bir göz attı.

Oda kapısı, sidik kokan, nemli, karanlık bir koridora açılıyordu. Sol yanda hemen bitişikteki oda yazıhaneydi, içerden sesler geliyordu. Merdivenlere doğru sessizce süzüldü.

Sokağa çıktığında, akşamüstünün mor alacakaranlığı çöküyordu. Bir süre koştu. Paketi sıkı sıkı göğsüne bastırıyordu. Eğreti bir paketti, açılıverir de görürler, diye korkuyordu.

O gün yetmiş beş lirasını almamıştı.

"Olsun, anasını satayım!" dedi. "Üniformadan değerli mi?"

Yazıhaneye bir daha adımını atmaya niyeti yoktu, işi, rastlantıyla üç günlüğüne bulmuştu. Kimse ne adresini bilirdi, ne de soyadını...

"Arasınlar bakalım" dedi. Bir tükürdü. Sonra bir sigara yakıp gazete kâğıdına sarılı giysiyi göğsüne bastırdı. Topuklarının yere her değişinde omuzları dalgalanıyordu.

Yemekten yeni kalkmışlardı. Avlu kapısının gıcırdayıp sertçe çarpılmasından Bekir'in geldiğini anladılar. Aynı avluda oturan dört hane halkından yalnız Bekir kapıyı böyle çarpardı.

Baba, "Geldi gene ali kıran baş kesen!" diye söylendi.

Bekir içeri girer girmez üniformayı götürüp annesinin önüne koydu.

Kadın şaşkınlıkla, "O ne Bekir'im?" dedi.

"Bu" dedi Bekir, "gördüğün gibi polis kılığı."

"Nereden aldın?"

"Filme gidiyorum ya! Her gün bunu giyip oynuyorum işte. Uzatma da temizleyip ütülemeye bak bunu. Yarına pırıl pırıl olacak."

"Niye ki?" diye sordu baba. Uzun beyaz iç donuyla sedire oturmuştu. Sol bacağı tutmazdı, eliyle tutup çekerdi.

"Böyle mi çıkacağız filme?" dedi Bekir. "Böyle buruşuk, kirli polis gördün mü sen?"

Anne içini çekti.

"Süheyla" dedi sofrayı toplayan kıza, "Medihanım teyzenden ütüyü isteyiver, hadi kızım."

"Koşsana kız!" diye bağırdı Bekir de.

Bir bez alıp ıslattı. Üniformayı silmeye, temizlemeye koyuldu.

Annesi, "Yemeğini hazır edeyim oğlum" deyince de, "istemez!" diye tersledi. "Aç değilim ben."

Kız kardeşi, eski bir ütüyle çıkıp geldi. Üniformayı alıp ütülemeye koyuldu. Bekir ütü boyunca kızın çevresinde dönüp durdu.

O geceyi, pırıl pırıl olmuş, ütülenip duvara asılmış üniformanın karşısında geçirdi. Babası arada bir uyanıp göz ucuyla baktıkça oğlunu hep üniformaya bakıp gülümser gördü.

Ertesi sabah özenle tıraş oldu Bekir. Siyah pabuçlarını sildi, temizledi. Üniformayı giydikten sonra, konsolun üstündeki küçük aynada kendini görmeye çalıştı. Şapkasının siperliği, yüzüne hafif bir gölge düşürüyordu. Gülümsedi. Artık, avluya çıktığı zaman bütün komşuları şaşırtacağını biliyordu. Omuzlarını sallaya sallaya çıktı.

Kireç badanalı avlu duvarlarına, sabah güneşinin parlak aydınlığı vurmuştu. Bekirlerin üstünde oturan emekli demiryolcu Mazhar Baba, tahta payandalı harap taraçaya çıkmış tespih çekmekteydi. Bekir'i gördü ve tanıyamadı. Şaşkınlıkla doğruldu.

Bekir, "Günaydın Mazhar Baba!" dedi.

"Sen miydin? İlahi! Ödüm koptu" dedi Mazhar Baba.

Bu "ödüm koptu"yu duyunca Bekir, sevinçten uçacak gibi oldu.

"Ne bu kılık oğlum?"

Aynı şeyleri ona da anlattı.

Sonra, avluda çamaşır kaynatan Figen'in, okula giden çocukların bakışlarını ensesinde duya duya vurdu geçti avlu kapısından.

Elleri ayakları hafiflemişti. Biraz zorlasa uçacak gibiydi, ikide birde eli boş tabanca kılıfına gidiyordu. Filmde kullandıkları sahte tabancaları şirketin yazıhanesinde bırakmışlardı. Polis üniformasıyla silahsız dolaşmaksa tehlikeliydi.

Bir süre sonra çevresinin kalabalıklaştığını fark etti. Bir anacaddede yürüyordu. Aceleyle ellerini ceplerinden çekti. Unutmuş, ellerini cebine sokmuştu.

Ceketinin kol ağızlarını düzeltti, kendine çekidüzen verdi.

Yol ortasında dikilmiş duruyordu. Tam o sırada aceleyle gelen birinin arkadan bindirdiğini duydu, sarsıldı.

İlk tepkisi, büzülmüş duran dayak yemiş köpek tavrıyla dönmek oldu. Adamın yolunu kesmişti. İriyarı kara bıyıklı biriydi. Bekir özür dilemek için tam ağzını açacaktı ki adamın, "Affedersiniz memur bey!" dediğini duydu. "Görmedim. Kusura bakmayın memur bey."

Kendini toparladı Bekir. Hazırladığı özür sözlerini son anda yuttu. Şöyle iki adım geri çekilip adamı tepeden tırnağa süzdü.

"Dikkat etsene ulan, gittiğin yere baksana! Kör müsün?" dedi.

Tıslar gibi konuşuyordu. Adam sabırsızlanıyor, bir an önce koşup gideceği yere yetişmek için kıvranıyordu.

"Umumi yerlerde böyle koşulmaz!" "Umumi" sözünü bulduğu için sevindi.

"Peki memur bey, bir daha olmaz."

"Ya bir çocuğa çarpsaydın ya da bir gebe kadına, ha?"

"Yanlışlık oldu memur bey. Çok acelem..."

"Herkesin acelesi var ama kimse koşmuyor."

"Bir daha koşmam memur bey."

Adam neredeyse tepinecekti artık. Yüzü pençe pençe kızarmıştı.

"Şimdi seni tutup götüreyim mi caddenin huzurunu bozuyor, diye?"

"Elini ayağını öpeyim memur bey, geç kaldım."

Bekir, adamı bir daha süzdü. Kendisinden bir baş uzundu ve sabırsızlıktan patlamak üzereydi. Belki üniformasına bile aldırmayacaktı.

Eliyle adamın yanağını okşadı. Küçük bir çocuk gibi okşanan adam şaşkınlıktan donup kalmıştı.

"Hadi bağışladım gitti" dedi Bekir. "Bir daha yapma!"

Adamın yüzünde öyle bir anlatım belirdi ki, "Allah belanı versin" sözü belki uygun düşerdi. Sonra birden koştu gitti.

Bu olay, Bekir'in kendine olan güvenini iyice pekiştirdi. Alabildiğine hoşlanmıştı bu işten.

"Dünya ne güzelmiş yahu!" diye söyleniyordu. "Vay anasını, ne güzelmiş dünya!"

Simitçi çocuğun yanından geçerken, "Taze mi ulan simitler?" diye sordu.

İşaretparmağıyla geri itti şapkasını. Simitçi çocuk, kirli yüzünde beyaz dişleri parlayarak güldü.

"Yakıyor abi namussuzum!" diye bağırdı.

Bekir çıtırdatarak birkaç simit yokladı, beğendiği iki simidi aldı.

"Para da mı vereceğiz oğlum?"

"Canın sağ olsun abi."

"Sonra veririm olur mu? Akşam dönerken."

Çocuğun esmer yüzünden bir gölge geçti. Kaşları belli belirsiz çatıldı.

"Canın sağ olsun abi" dedi ölgün bir sesle. "Senden para isteyen mi var."

Bekir bu kez kendini, aldığı bir şeyi öder gibi değil de sadaka verir gibi duydu. Cebinden çıkardığı bozukluklardan çocuğun parasını ayırıp verdi.

"Al ulan hergele!" dedi. "İki simit için mesleğe leke mi süreceğim."

Oğlan güldü. Havada kaptı parayı. Bekir simitleri yiyerek yürümeye koyuldu. Güneş vurmuş caddede koşuşturan ikinci sınıf yurttaşlar arasında ayrıcalıklı, sağlam ve güvenli olduğunu duyuyordu. Herkesten bir baş uzunmuş gibiydi. Daha doğrusu üniformanın içinde, en derli toplu, ölçülü bicili bedene o sahipti. Kendinden kısalarda bir eciş bücüşlük seziyordu, uzunlarda ise bir hımbıllık, sarkık bir anlatım... Sabah sabah başına gelen iki olay, Bekir'in önüne yeni olanaklar açıyordu. O da sonsuzca yararlanacaktı bunlardan.

"Gidebildiği yere kadar gitsin bakalım" diye mırıldandı. "Bir günün beyliği beylik."

Yalnız tabanca kılıfının içindeki boşluk canını sıkıyordu, insan polis olunca bir tabanca ağırlığı da duymalıydı.

Öğleden sonra otobüse binip uzak yerlere gitti. Biletçiler yanından geçerken selam veriyorlar, öteki yolcularla ilgileniyorlardı. Her şey bir oyun gibiydi. Parasız otobüslere bayıldı. Birinden inip ötekine bindi. Ama aklında hep tabanca vardı. Düşünüyor, çare arıyordu.

Akşam eve dönerken çareyi bulmuş gibiydi. Simitçi çocuk vermişti bu aklı.

İki yanı gece kulüpleri ve otellerle dolu sokağa girdiğinde sivil giyimliydi. Gene eskisi gibi çelimsiz, adamdan sayılmayan bir kılığa bürünmüştü, ama bu kez daha güvenliydi. İzne çıkmış bir polis gibi görüyordu kendini.

Sokak parke taşlıydı. Birkaç basamakla inilen pavyonların

kapıları arada bir açılıp kapanıyor, çok boyalı kadınlar ile erkekler çıkıyorlardı.

Duvarlar, dansöz afişleriyle, soluk siyah beyaz ve memelerinin ucuna püskül takılı kadın fotoğraflarıyla doluydu. Beş on metrede bir Amerikan sigarası satan çocuklar dikilmiş, bekleşiyorlardı.

Bekir, sokağın tam ortasından, bütün bunları göz ucuyla süzerek, yaylanarak yürüdü.

Köşe başındaki otelin altındaki kahveye geldi. Yerin oldukça altındaydı. Sokaktan bakınca çıplak ampullerin ışığında dumana boğulmuş oturan, televizyon seyreden adamlar görülüyordu. Figüran olarak çalıştığı günlerde, esrar, silah, kaçak malzeme için bu kahvenin birebir olduğunu duyardı.

Gıcırdayan tahta basamaklardan inip kenar bir masa seçti. Televizyon ile oturduğu yer arasında koskoca bir sütun vardı. Bu yüzden kimse oturmamıştı oraya, bomboştu. Genç yaşlı, bir sürü adam, yüksekçe bir yere konmuş olan televizyonun önündeki masalara sıkış tepiş oturmuş, film seyrediyorlardı. Ocakçı dirseğini yaşlıca bir adamın omzuna dayamıştı.

Bekir uzun süre bekledi. Sonra baktı ki gelen giden yok, o da bir sandalye çekip seyircilere karıştı. Televizyonun sesi kulakları sağır edecek kadar çok açılmıştı. Akıllı bir at vardı filmde. Güç durumda ne yapılacağını biliyor, burnuyla kapıları itiyor, bir sürü marifet gösteriyordu. Seyircilerin hepsi de soluklarını tutmuş atı izliyordu. Esrar, silah, kadın işleri tümden durmuştu.

Film bittikten sonra herkes masalara dağıldı. Çay, kahve, koşuşturmalar, gürültüler başladı. Kahve olağan durumuna döndü. Seyirciler, film seyrederken birleştikleri düşsel gevşemeden sıyrıldılar. Omuzlarını dikleştirip öksürdüler.

Bekir ancak o zaman garsonla konuşma fırsatını bulabildi. Çayını getiren çocuğa, “Bir iş vardı” dedi.

"Ne?" dedi garson. Alışkın, umursamaz, bıçkın bir görünümü vardı. İnce bıyıklarının uçlarını kıvırmıştı.

"Bir şey arıyordum."

"Ne?"

Fısıltıyla, "Silah" dedi Bekir.

Garson şöyle bir baktı. Sonra bir şey demeden yanından ayrıldı, gitti. Bekir, "Belki de iş sarpa sarmıştır" diye düşünmeye başladı. Buraya gelip uluorta silah istemekle baltayı taşa vurmuştu. Böyle işlerde tanıdık, bildik bulup araya koymak gerekirdi.

Sokaklarda dolaşa dolaşa kurduğu plan aksak görünmeye başlamıştı. Hoşuna gitmiyordu. Hem sırtında üniforması da yoktu.

Silah satan bir adam bulmayı tasarlamıştı. İyi bir tabanca beğenecekti. Şöyle Smith Wesson ya da Browning. Silahın pazarlığını yapacaktı. Sonra birden polis olduğunu söyleyecekti. Bu noktada iş biraz çatallaşıyor, Bekir'in kafası karışıyordu. Polis olduğunu nasıl kanıtlayacaktı? Uzun uzun düşünüp taşınmıştı. Kılığının altına polis üniforması giymeyi de düşünmemiş değildi. Soyunuverirdi. Durumu gözünde canlandırınca bundan da caymıştı. Tatsız işlerdi bunlar.

Sonunda bulduğu çare, polis yıldızını ceket yakasının arkasına iliştirmek olmuştu. Zamanı gelince yakasını çevirecek, yıldızı gösterecekti. Bu yıldız işi iyiydi. Alman yöntemiydi, filmlerde görmüştü.

"Emniyet görevlisiyim" diyecekti. "Ekip köşe başında bekliyor beni. Ona göre..."

Sonra adamların yalvarmalarını dinleyecek, seçtiği tabancayı alacaktı.

Gel gör ki isli, dumanlı kahvede tespih şakırdatan adamlar arasında gittikçe bir ürküntü basıyordu Bekir'i. En iyisi kahveden çıkıp gitmekti.

Tam ellerini masaya dayayıp doğruluyordu ki zayıf, avurtları birbirine geçmiş, kırk-kırk beş yaşlarında bir adam oturdu karşısına. Bekir o zaman dönülemeyecek bir noktaya geldiğini anladı. Boynundan yukarı doğru sıcak bir kan dalgasının atağını duydu.

Adam, "Silah mı gerekti kardeş?" dedi. Sesi hırıltı gibiydi. Canlı cenazeye benziyordu ama tek omuzu aşağıda öyle bir oturuşu vardı ki çok tehlikeli biriymiş izlenimi veriyordu.

Bekir kısık bir sesle, "Evet abi" dedi.

Bu arada yakasının altındaki yıldız görünür de bir bela çıkar diye titriyordu.

Adamın, "Hadi gidelim" dediğini duydu.

"Nereye?" diye soramadı. Adamın arkasından kalktı.

Çıktıklarında sokak ıssızlaşmıştı.

Adam öksürdü. "Uzak değil" dedi. Yürümeye koyuldu. Bekir de sesini çıkarmadan peşine takıldı.

Bir ara adama açılmak istedi.

"Paramı unutmuşum abi, n'olur bırak gideyim!"

Vazgeçti. İyice kuşkulanırdı adam. Ne söylese ne yapsa yararı yoktu.

Birkaç sokak geçtiler böylece. Bekir'in her adımda korkusu arttı.

Ne olursa olsun diyip tabana kuvvet koşacağı sırada, köşede, karanlığın içinden dönen iki polis gördü.

"Bizimkiler" diye düşündü.

Yanındaki adama döndü. Sakin bir sesle, "Ben üzerime para almayı unutmuşum" dedi. "Yarın gene uğrarım."

Polisler iyice yaklaşmışlardı kendilerine. Yanlarından geçtiler. Bekir şaşkın, kalakalmış adamı orada bırakıp polislerin peşine takıldı. Adım adım izledi polisleri, ta ki anacaddeye gelip dağılan bir sinemanın kalabalığına karışana dek.

O gece, geç vakit eve girerken korkudan bitmiş, dermanı kesilmişti. Gene de kendini hemen attığı yatağında uyumadan önceki son düşüncesi, "Bir daha üniformasız çıkmamalı" oldu. Dudaklarına hafif bir gülümseme olarak yayılan duygu ise büyük tehlike atlatmış bir polisin hoşnutluğu, görev sonrası gevşemesiydi.

Bekir'in bundan sonraki günleri arka arkaya dizilip gitti. Sabahları konu komşunun şaşkın bakışları arasında üniformasını giyip çıkıyordu. Dolaşıyor, karnı acıktıkça önüne gelen lokantaya girip karnını doyuruyordu. Yemeği bitirdikten sonra kasaya gidip, "Üzerime para almayı unutmuşum. Sonra uğrar bırakırım" demeye ve gülümseyen adamların, "Zarar yok memur bey, afiyet olsun" diye yanıtlamalarına iyice alışmıştı.

Birkaç gün üst üste otobüs oyunu tutturdu. O otobüsten iniyor, ötekine biniyor, nereye gittiğini bilmeden dolaşıp duruyordu. O üç gün içinde İstanbul'un görmediği yeri kalmadı. Biletçiler yanından onları selamlayıp geçerken çok keyifleniyordu.

Otobüs çılgınlığından bıkınca eski kitap satan bir gazeteciden polis romanları almaya başladı. Daha çok öğle sonları Gülhane Parkı'na gidip oturuyor, Amerikan polislerinin serüvenlerini, vurdu kırdılarını okuyordu.

Gitgide sırtındaki üniformanın sahteliğini bile unutur olmuştu.

Bu dönemin etkileri çabuk görüldü Bekir'de. Anasının gamlı bakışlarını gördükçe kaşları daha çok çatılıyor, yüzüne asık, ters bir anlatım gelip yerleşiyordu. Evde hep sinirliydi. Bir kez Süheyla'dan su isteyip de, "Ders çalışıyorum" yanıtını alınca kalktı çiğnedi kızı. Birinde de gece, bütün ev halkı oturmuş radyo dinlerken öğrencilerin o gün gösteri yaptığını duydu. Bekir cam sürahiyi kaptığı gibi yere çaldı.

"Orospu dölleri!" dedi, "Satılmışlar!"

Avluya çıktı. Sinir içinde sigarasını içmeye koyuldu. Sigaralar avantadan geliyordu. Nasıl olsa her gün yolunun üstüne yüzlere sigaracı çocuk çıkıyordu.

Karanlıkta sigara içti ve gerçek bir polis olmadığına üzüldü. Belki bininci kez, gerçek polis olsa ne gibi yararlıklar göstereceğini geçirdi aklından. Bir "polis koleji" sözü çalınırdı kulağına. Polisler oradan çıkıyor olmalılardı. Silah da veriliyordu onlara, gerçek silah. O günden sonra kahvenin önünden bile geçmemiş, bu işi unutmaya bakmıştı, ama olmuyordu bir türlü, aklından çıkmıyordu. Hiç olmazsa bir cop bulmalıydı. Gerçek bir cop olmasa bile aynı kalınlıkta bir lastik, işini görürdü. Ertesi sabah ilk işi atölyelere gidip bir lastik bulmak olacaktı.

Eve girdiğinde Süheyla'yı gördü. Yatmaya hazırlanıyordu. Kendisi de farkına varmadan, "Kız ben polis kolejine girdim" dedi. "Polis olacağım."

Süheyla şaşkın şaşkın baktı abisine.

Pazar günüydü. Gülhane Parkı'nda oturuyordu Bekir, üniforması üstünde. Parkta dolaşanlar kendilerini tatil gününün gevşekliğine bırakmışlardı. Kimi çay içiyor, kimi elinde dondurma, mısır, dolaşıyor, ağaçların gölgesine sığınıyordu.

Bekir bir masaya oturmuştu. Her zamanki gibi kaşları çatıktı. Kendini okuduğu kitaptaki polisin serüvenlerine kaptırmıştı. Arada bir gözlerini kitaptan ayırıyor, çevreyi kuşkuyla süzüyordu.

Bir kız ilişti gözüne. Ağaçların altından kendi oturduğu yere doğru yaklaşıyordu. Topluca, gür, kumral saçları omuzuna dökülmüş, çok güzel bir kızdı. Beyaz pantolon giymişti, sıkı sıkı yapışıyordu gövdesine. Kıza bakarken Bekir'in içi ezilir gibi oldu. Dar pantolonun sıktığı gerginliği arzuladı. Yerinden kalkıp kıza doğru yürümek geliyordu içinden ama nasıl yapılacağını bilemiyordu.

Uzun saçlı oğlanı tam o sırada gördü. Kızın iki adım gerisinden geliyor, bir şeyler söylüyordu. Kızın, oğlandan bir an önce kurtulmak ister gibi bir havası vardı. Duymamışlığa vuruyordu. Bekir'in hiç gözü tutmadı oğlanı. İt kılıklının biriydi.

Yay gibi fırladı yerinden. Yanlarına gitti, oğlanı tuttu omuzundan, durdurdu. Bir yandan da yüreği güm güm vuruyordu.

"Rahatsız mı ediyor bayan?"

Kız da durmak zorunda kaldı. "Peşimi bırakmıyor" dedi hafifçe.

Bekir, kızın ılık, yumuşak sesine de vuruldu. Kulakları uğuldamaya başlamıştı. Görev heyecanına mı yoracaktı bunu, yoksa kızla konuşmasına mı, bilemiyordu.

Oğlanı sarsaladı.

"Niye peşini bırakmıyorsun bayanın?"

"Ben yoluma gidiyordum" dedi çocuk, korkuyla.

"Nasıl yoluna gidiyordun? Bal gibi peşine takılmıştın işte!"

"Valla yoluma gidiyordum."

"Bayan yalan mı söylüyor yani?"

"Valla!.."

"Kimse rahat dolaşamayacak mı sizin yüzünüzden?"

Çevredekilerin olayı izlediğini biliyor, sesini yükselttikçe yükseltiyordu.

"Götüreyim mi şimdi merkeze seni? Hı? Götüreyim mi? İt herif!"

Her soru bitişinde omuzundan tutup silkeliyordu çocuğu. Çevrenin, yaptığını beğendiğini, katıldığını seziyordu. Kızı daha fazla bekletmek istemedi.

"Şikâyetçi misiniz bayan?" dedi. "Götüreyim mi serseriyi?

Kız, olayın büyümesinden utanmışa benziyordu. Çekingen bir sesle konuştu:

"Bırakın gitsin, benden bulmasın."

"Gördün mü" dedi Bekir. "Bayan bağışlıyor seni. Yıkıl şimdi. Bir daha da karşıma çıkma. Yıkıl!"

Oğlan koşa koşa ağaçların arasına daldı gitti.

Kız, "Teşekkür ederim" dedi Bekir'e.

O da, "Böyle olaylar artmaya başladı" diye yanıtladı.

Kız gene, "Teşekkür ederim" dedi. Döndü, yürüyecekti.

"Yoo, teşekkür etmeyin" dedi Bekir. "Bizim görevimiz bu."

Kız bu kez teşekkür yerine belli belirsiz gülümsedi. Döndü, yürümeye başladı. Bekir arkasındaydı.

"Çoktan beri mi? Yani sürekli mi peşinizde?"

Kız gene durdu. "Yok" dedi. "İlk kez görüyorum."

Bu arada birlikte yürümeye başlamışlardı. Bekir, kızın peşine takılmasının biraz soğuk kaçtığını biliyordu ama başka çaresi yoktu. Bir süre seslerini çıkarmadan yürüdüler.

Parktan çıktıktan sonra Bekir, "Öğrenci misiniz?" diye sordu.

"Evet."

"Nerede?"

"Lise."

Bir süre daha sessiz yürüdüler.

"Kızmazsanız bir şey soracağım size" dedi Bekir. "Adınızı söyler misiniz?"

"Sıdıka."

"Benimki de Bekir."

Hep soğuk kaçıyordu. Bir türlü şöyle istediği gibi, şöyle sıcak bir konuşma havası tutturamamıştı.

Bir pastanenin önünden geçerken pat diye, "Soğuk bir şey içsek şurada" deyiverdi. "İki dakikacık."

Bir yandan da kızı kapıdan içeri itmişti. Konuşacak şey bulamadan, gözlerini kaçırarak oturdular. Sıdıka duvarlara çizilmiş İstanbul resimlerini süzdü durdu. O başka yere bakarken Bekir rahatça görebiliyordu kızın yüzünü. Üst dudağı hafifçe kalkıktı. En çok, bu üst dudağın sevimliliği çarpmaya başladı Bekir'i; bir de beyaz gömleğine ters düşen, esmer, güneş yanığı kolları.

"Nerede oturuyorsunuz?"

"Fatih'te."

Bu sırada mermer masanın üstünde Bekir'in eli belli belirsiz kızın eline değdi. Kız hemen elini çekti.

O gün Sıdıka'yı Aksaray'a kadar götürdü Bekir. Ertesi gün buluşmak istedi ama bir sonuç alamadı. Kız aceleyle ayrılıp kaçtı yanından.

Kente akşam çöküyordu. Caddeler, sinemalar, lokantalar, barlar tıklım tıklım doluydu. Benzin, sigara, kebap kokuları birbirine karışıyordu.

Kör ışıklı caddelerde durmadan yürüyor, sigara içiyor, düşünüyordu Bekir.

Sigaracı çocuğu gördü. Köşenin kuytusuna sinmiş, ellerinde sigara paketleriyle dikilip duruyordu. On yaşında var yoktu. Çamurdan yapılmış da son anda çarpıtılmış kirli bir yontu gibiydi.

"Hani ulan benim sigara?"

Çocuk bütün dişlerini göstererek güldü, "Emret abi. Seninki zulada."

Pantolonun altına, bacağına sardığı dolaktan yabancı bir sigara çekti, uzattı.

Bekir hoyratça okşadı çocuğun başını. "Aferin oğlum Altındiş" dedi.

Çocuk bu söz üzerine, sahibinin elini yalamak isteyen köpek gibi sırnaştı. Güldüğü zaman, gece gündüz çıkarmadığı, sarı yaldızlı kâğıt yapıştırdığı altın dişleri parlıyordu.

Bekir ara sokaklara saptı. Kulağına çarpan müziğe doğru yürüdü. Boyalı kadınların yanından geçti. Beş altı masalık küçük, salaş meyhanelere daldı. Emeklilerle, küçük memurlarla, bıçkınlarla kadeh kaldırıyordu.

Oradan çıkıp dumanaltı olmuş, saz, davul, curcuna kıyamet giden barlara girdi. Sarkık memeli, yıpranmış dansözler kalça kıvırıyorlardı. Onlara bakıp yüzünü buruşturdu. Sağlıklı, esmer bir tazelik anımsadı, güldü.

Girdiği yerlerde kendisine nasıl bakıldı, kim gördü, ne dedi, bilmiyor. Yalnızca bu meyhanede emekli bir ihtiyarı omuzundan tutup, "Bu üniforma var ya babalık, bu üniforma, kutsal bir şeydir bu. Herkes giyemez bunu. Kolay mı, kolay mı ha?" dediği, üniforma ve polisliğin erdemleri üzerine sayıp döktüğü kaldı aklında.

İhtiyara yarım saat anlattıktan sonra kafası ağırlaştı. Düşüncelerini bir bulut sardı. Tabak bıçak gürültüleri arasında masaya, kollarının üstüne dayadı başını. Gözlerini kapattı.

"Yok öyle yağma" diye bir söz dolaşıyordu kafasında. Ondan ötesi karmakarışıktı. Bir kara düğümler, bir aydınlık beyaz düğümler dönüyordu. "Vallahi yapmayacağım baba!" Elinde bastonuyla dövüyordu baba. "Yok öyle yağma." Yerde polis üniformalı küçük çocuk kıvranıyordu. Sonra sigaracı Altındiş oluyordu o. Birbirlerinin pipilerini tutuyorlardı. Altındiş'in pipisi soğuk lastik gibiydi. Sonra annesi pipisini üniformadan dışarı çıkarıyordu. Kibritle yakıyordu. "Yok öyle yağma!" diye bağırıyordu biri. Ağlıyordu. "Üniformanı kirletecek misin bir daha? Çamurda oynayacak mısın/" "Yok öyle yağma." Omuzu dürtüldü. Başında garson çocuk duruyordu. Kim olduğunu çıkaramadı, nerede olduğunu da...

"Abi, iyi misin?"

"Kırarım ulan!" diye bağırdı Bekir. "Yıkarım, dağıtırım alayınızı!

Fırlamaya çalıştı, sendeledi. Sandalyeye tutunmasa düşecekti. Kireç gibi bembeyaz olmuştu yüzü. Garsonu elinin tersiyle itip yıkıla yıkıla kapıyı buldu. Kendini dışarı attı.

Bekir, o ilk günün çarpıntılarından sonra birkaç kez gitti Sıdıka'nın okuluna. Kız hiç yüz vermedi. Bekir'i okulun önünde bırakıp arkadaşlarıyla birlikte çekip gitti. Buna çok öfkelendi Bekir. Kızı durdurup konuşmak istedi. Her seferinde Sıdıka'nın yüzünde ince bir gülümseme belirdi. Eve gitmesi gerektiğini, beklediklerini söyleyip ayrıldı. Hafif kalkık üst dudağın çekiciliği içini yakıyordu Bekir'in.

Sonunda bir gün Sıdıka'nın yerine bir arkadaşı çıktı okuldan. Bekir'e, Sıdıka'nın haber gönderdiğini, gelmesini istemediğini bildirdi.

"Niye ama?" dedi Bekir.

"Ne bileyim ben" dedi kız. "Herhalde polis olduğun için. Buraya gelmenden utanıyor Sıdıka. Herkes, seninle bir ilişkisi var, sanıyor."

Bunun üzerine Bekir'e uzaklaşmak düştü.

Önceleri kavrayamadı. "Komiser olsaydım her şey yoluna girecekti demek ki!" diye düşündü. Sıdıka'nın tavrını, küçük bir polis oluşuna yordu. Sonra birden aklına geldi: Sakın o solculardan olmasındı bu da! O yüzden mi utanıyordu Sıdıka kendisinden?

O günleri bu tür sıkıntılarla geçirdi. Akşama kadar dolaşıp durmaktan bıkmıyor, usanmıyordu. İki ayağının da küçük parmakları kızarmış, şişmiş, nasır olmaya yüz tutmuştu. Yollarda rastladığı ufak tefek olaylar heyecan vermeye başlamıştı. Kıdemli, alışkın, yorgun bir polis olmuştu.

O dalgın ve bezgin günlerde, polislik duygusunu canlandıran bir tek olay geldi Bekir'in başına.

Öğleden sonra iki üç sularıydı, Beyazıt'a doğru yürüyordu. Üniversitenin kapısında bir kargaşaya takıldı gözü. Öğrenciler vardı. Birkaç yüz kaldırdılar. Yedi sekiz öğrenci de duvarın dibine, yere oturmuştu. Duvara, açlık grevi yaptıklarını belirten yazılı kâğıtlar asılmıştı. Polisler gelmiş, açlık grevi yapanları kaldırmaya çalışıyorlardı.

Bekir de yanlarına gitti.

Öğrenciler kir pas içindeydiler. Sakalları uzamış, yüzleri solmuştu.

Polislerin öğrencileri coplamaya başladığını gördü. Sürükleyip arabaya götürüyorlardı. Toplu halde bekleyen öğrenciler polisleri yuhalıyor, direnişi sürdüren arkadaşlarını yüreklendiriyorlardı.

Bekir nasıl olup da öğrencilerin üstüne atıldığını anlayamadı. En yakınındaki kadife ceketliyi saçlarından tutmuştu. Cop yerine kullandığı lastiği kolunun var gücüyle indirdi. Ağır lastiğin, etinin içine kadar işleyen ağrıtıcı, çürütücü etkisini bileğinde duydu. Bir daha indirdi. Kendisi kadar var yoktu çocuk. Coptan sakınmak için kapanmaya çalışıyor ama saçlarına yapışmış olan Bekir'in elinden kurtulamıyordu. Bekir dişlerini sıkmıştı. Copun ezdiğini, çocuğun kıvrandığını duyunca sanki tersi olmuş da çocuk kendisine vurmuş gibi daha çok hınçlanarak vuruyordu.

Yanındakini yakaladı. Tekmelemeye başladı. Topuklarıyla yüzüne bastırıp kanatmak, dişlerini kırmak istiyordu.

Artık kimsenin farkında değildi. Ne öteki polislerin ne de izleyenlerin... Kendini, içindeki bir set yıkılmış da bekleyen sular boşalmış gibi çağıldaya çağıldaya akan bir öfke gümbürtüsüne bırakmıştı. Bütün uzun saçlılara vuruyordu, bütün zengin çocuklarına, arabalılara, komünist vatan satıcılarına, züppelere, kız tavlayanlara, kızları kollarına takıp gezenlere... İçine bir nefret çöreklenmişti.

Siyah beyaz çizgili gömleğin, ense tarafından kanlandığını fark etti. Kanı, yeni akmış insan kanını görünce bir noktanın ötesine geçtiğini sandı Bekir. Ya da bir vida, bir diş atlamış gibi oldu. Elleri tabanca aradı. Kanlanmış gövdeyi de kanı da yok etmek için çekip vuracaktı.

Bu arada yerdekinin debelenerek döndüğünü sezdi. Yüzünü gördü. Ezilmiş, saçları kanlanarak yapışmış bir kız yüzüydü bu. Çok genç ve çelimsizdi. Gözlerini açamıyordu. Kısacık kesilmişti saçları. Açılıp kapanan ağzında, avlanmış bir kuşun korkusu gibi bir şey vardı.

Bekir birden geri döndü ve oradan koşarak uzaklaşmak istedi. Bilmeden, olayı izleyen, bir bölümü de arkadaşlarını kurtarmak için polislerle itişen öğrencilerin arasına girdi. Bütün bedeni hayvanca bir güdüyle gerildi. Daha ne olduğunu anlamadan kendini bir arı kovanına girmiş gibi duydu.

Arkadan, önden, yukardan gelen yumrukların etkisiyle asfalta ve tekmeleyen ayaklara doğru kayarken yaptığı işi kavrayabildi. Buradan bir an önce kurtulması gerekiyordu. Ne yapıp yapıp dışarı atmalıydı kendini. Öğrencilerin elinden kurtulsa bile polislerin elinden kurtulamazdı. Bütün bunlar, tekmeler, yumruklar arasında bir anda geçti aklından.

Son gücünü toparlayıp kendini çemberin bittiği yere doğru attı. Yardı, kurtuldu. Öğrenciler arkasından gelmediler.

Polisler ile öğrencilerin sesleri arkada kalmıştı. Koştu koştu. Soluk soluğa durduğunda ucuz atlattığını düşündü. Şimdi aklında, kanlanmış bir kız yüzü yoktu.

"Öldürmeye çalıştı beni komünistler" diye sayıklıyordu. "Öldürmeye çalıştı beni komünistler, öldüreceklerdi."

And içti: Bir daha bu kentli, züppe, komünist çocuklarından biri geçerse eline, sağ koymayacaktı. Ya sakat bırakmalıydı bu saçlı sakallıları ya da haklamalıydı.

"Kızlarını da düzmek gerek" diye düşünüyordu. "Hepsi orospu zaten."

Bekir belki dediklerini yapardı ama eline fırsat geçmedi. Bu olayın ertesi günü yakalandı. Üniforması sökülüp alındı sırtından.

Akşam saatiydi. Beyoğlu'nda Çiçek Pasajı'nın önünden geçiyordu. Dünkü dayaktan, bütün bedeni sızlıyordu.

Pasajın kapısında, küçük tablada sigara satan bir adam gördü. Yirmi beş-otuz yaşlarında bir adamdı. Yaklaşıp adamın önündeki tabladan bir sigara aldı. Sırıttı.

"On lira" dedi satıcı.

Gene sırıttı.

"On lira memur bey."

"Bir de para mı vereceğiz?"

"Evet" dedi adam.

Bu sırada pasajdan çıkan bir iki kişi de ilgilenmiş, olayı izlemeye koyulmuşlardı. Bekir böyle bir şeyle ilk kez karşılaşıyordu. Satıcı sert sert bakıyordu yüzüne. Cebinde parası olsa verip uzaklaşmak en iyisiydi, ama on lirası çıkmazdı.

"Yahu hem kanser yapıyor, hem de para mı vereceğim merete?"

Şakasına kimse gülmemişti. Satıcı da gözlerini hiç ayırmıyordu üstünden. Bu tatsız duruma son vermek gerektiğini düşündü. En iyisi dönüp uzaklaşmaktı. Satıcının elinden bir şey gelmezdi nasıl olsa!

Döndü. Tam yürüyecekti ki bir elin ağırlığını duydu omuzunda. Orta yaşlı, takım elbiseli biriydi bu. Bekir şaşırdı.

"Ne cesaret!" dedi. "Memura hakaret mi?"

Adam, "Ben de memurum" dedi.

Bekir iyice afalladı. Tablacı da pis pis gülmeye başlamıştı. Bu kez yanlış bir ilişkinin içine düştüğünü anlar gibi oluyordu. Çevresindeki kalabalık artmıştı.

Sivil memur, "Ne biriktiniz? Haydi dağılın bakalım!" dedi. Yanındakileri itmeye başladı.

İtilen genç, incecik kravatlı, çelimsiz biriydi.

"İtmeyin lütfen, siz memursanız ben de memurum" dedi.

Bekir'in başı dönmeye başlamıştı. Olaylar kendisini iyice aşmıştı artık. İçinde, bir kuşun kanat çırpması gibi bir telaş uyandı.

Sivil memur, genç çocuğa, "Göster kimliğini" diyordu.

"Yanımda yok."

"Kimliksiz gezer mi polis?"

"Ben polis değilim ki" dedi çocuk şaşkınlıkla.

"Ne? Memurum demedin mi?"

"Sizin dediğinizi duyunca söyledim. Ben Sular İdaresi'nde memurum."

"Şimdi merkezde anlarız bakalım ne memuru olduğunu" diye homurdandı sivil.

"Ama, yanlış anladınız, ben..." Çocuk korkudan kekelemeye başladı.

Sivil bu kez Bekir'e döndü: "Adın ne?"

"Bekir, efendim."

"Hangi karakoldansın?"

Bekir korkuyla bu sorulardan hiçbirine yanıt hazırlamamış olduğunu düşündü.

"Ben... Yani... Nöbetçiyim efendim" deyiverdi.

Bunun aptalca bir şey olduğunu anladığı zaman iş işten geçmişti. Başka çaresi de yoktu zaten. Korkusunu belli etmemesi gerektiğini düşünüyor, bir yandan da sapır sapır titriyordu.

Sivilin kendisinden kuşkulandığını anladı. Bunun üzerine daha da korktu. Neredeyse kendisini bıraksın, diye adamın ayaklarına kapanacaktı.

"Dur bakalım, seni de anlarız" dedi sivil.

Sonra "memur" olduğunu söyleyen genç adam ile Bekir'i Emniyet'e götürdü. Bekir, yolda, dünyanın sonu gelmiş gibi bir duygu içindeydi. Yüreği ağzında atıyordu sanki.

Eskiden falakanın çok korkutucu bir işkence biçimi olduğuna inanmazdı. İnsan gövdesinin daha duyarlı bölgeleri vardı. Oralara dokunulması daha çok acı çektirebilirdi ona göre. Ama o gece tabanlarına inip kalkan copun sayısını şaşırdıkça bundan daha korkunç bir işkence olamayacağına bütün benliğiyle inandı.

Emniyet'e geldiklerinde, polisler bir saniyede her şeyi anlayıvermişlerdi.

Öteki çocuk tutturmuş, "Ben memurum efendim, vallahi memurum" diyordu. "Sular İdaresi'nde... Ne bileyim? Dilim tutulsaydı!"

Polis de, "Öyle bir durumda memurum demek, polis memuruyum demektir" diyordu.

Bekir, sırtından üniforması alındıktan sonra kısa donu ve kirli atletiyle kalakalmıştı. Çelimsiz, sivilceli bedeni çıplak ampuller altında küçüldükçe küçüldü.

Müteferrika polisi, demir sürgüyü çekip kapıyı açınca) ekşi ter ve sidik kokusu geldi burnuna.

Küçücük koğuşta en az kırk kişi vardı. Betona serdikleri gazete kâğıdına oturmuşlardı. İki üç gruptular. Bekir'in yanındakiler öğrenciydi. Kılıklarından, konuşmalarından anladı. Şakaya vuruyor, aldırmaz görünmeye çalışıyorlardı. Bekir'e "Geçmiş olsun" dediler, içlerinden biri sigara uzattı.

Öteki grup yeni gelenle ilgilenmedi. Çevreye kuşkuyla bakan, konuşmadan oturan adamlardı.

Bekir güçlükle uzanacak bir yer bulmuştu kendine. Ayaklarının üstünde tonlarca ağırlık vardı. Yanıyorlardı. Hele biri ayağına dokunacak olsun, çığlık atası geliyordu. Yattığı yerde harap, bitkin düşünüyor, üniformasına yanıyordu. Öylesine güzel bir üniformayı bir daha nereden ele geçirecekti. Zaten her şey, bütün tokat, falaka, küfür üniforma sırtından alındıktan sonra olmuştu. Sivilceli gövdesinden iğreniyordu.

Yanındaki gençlerden biri, "Üşüyor musun hemşerim?" dedi eğilerek, "İster misin bunu?" Bekir'e bir ceket uzatıyordu

"Sağ ol" dedi.

Genç çocuk, ceketi Bekir'in üstüne örttü. "Kıkırdarsın böyle sabaha kadar" dedi.

Bekir, hem nemli koğuşun soğuğundan kurtulduğuna sevindi hem de sivilceli, iğrenç gövdesinin kapandığına.

Ceketin yakası burnuna değiyordu. Buram buram tütün kokuyordu ceket.

"Bunlar hep Birinci içerler" diye geçirdi içinden.

Biraz sonra dalar gibi oldu.

Kısa uykusunda karışık bir düş gördü. Uyandığında düşü anımsamıyordu, ama düşte üniformalı olduğu kalmıştı aklında.

Çocukların sesleri çarptı kulağına. Birinin iç geçirdiğini ve "Beypazarı meskenimiz, ilimiz / Kimse bilmez nerde kalır ölümüz" diye mırıldandığını duydu.

"Türkü olmalı" diye düşündü.

Duvarlara yazılar yazılmıştı. Tavanda yanmış kibritler çarptı gözüne. O yükseklikteki tavana kibritleri nasıl yapıştırabildiklerine şaştı.

Babasına haber ulaştırması gerekiyordu. En azından giyecek bir şeyler getirirlerdi.

Öğrencilerden birinin bir kibrit çaktığını, sonra kibriti sönmeden tavana fırlattığını gördü.

"Demek böyle yapışıyor" diye düşündü.

Kapının sürgüsü çekildi. Polis, Sular İdaresi'nde çalışan genç çocuğu getirmişti. O da topallayarak geliyordu.

Bekir birden fırladı yerinden. Ayaklarının üstüne basınca gözlerinden yaş fışkırdı. Aldırmadı, kapıya doğru atıldı, ceketi elinde tutuyordu. Yere ayağıyla değil de yüreğiyle basıyormuş gibiydi. Polis tam kapıyı kapatırken yetişti.

"Memur Bey, çok önemli bir maruzatım var" dedi.

"Neymiş o?"

Müteferrika polisi uykulu ve tersti.

"Burada söyleyemem efendim."

"Ya nerede söylersin?"

Polis yüksek sesle konuşuyordu. Bekir konuşmalarının duyulmasından korkarak alçak sesle mırıldandı.

"Ne olur dışarda söyleyeyim. Çok önemli bir şey."

Polis bir an düşündü. Bekir'in heyecanına, don paça gövdesine baktı.

"Gel bakalım" dedi.

Koridora çıktılar. Polis kapıyı sürgülerken Bekir, genç çocuğun ceketini giydi. Donunu kapatmıyordu ama omuzlarını koruması da iyiydi. Yere yan yan basıyordu.

Polis, koğuşun hemen yanındaki odasına götürdü Bekir'i. Masasına geçip oturdu. Bekir'in konuşmasını bekledi.

Odaya girer girmez bir korku basmıştı gene Bekir'i. Deminki ataklığı kalmamıştı. Yutkundu.

"Eee, öt bakalım!" dedi polis.

"Ben... Size bir şey soracaktım efendim. Özür dilerim."

"Geveleme!"

"Ben polis olmak istiyorum da... Nasıl olunur diye?"

"Bu muydu ulan söyleyeceğin?" dedi polis. "Alay mı ediyorsun adamla?"

"N'olur sayın komiserim, sayın büyük komiserim, komutanım! Benim hayatta en büyük idealim..."

"İdealinden başlarım senin" dedi polis. Yerinden öfkeyle kalktı. Bekir'in yüzüne iki tokat attı.

"Yürü ulan it!"

Bekir, "Sayın komiserim" dedi eğilerek. "Bombaları nereye sakladıklarını duydum."

Polis zınk diye durdu.

"Ne bombası?"

"Bu bizim koğuştaki anarşistlerin..."

"Nereye saklamışlar?"

"Beypazarı'na, Beypazarı'na" diye fısıldadı. "Ben hepsini dinledim komiserim, tek siz emredin."

Müteferrika polisi düşündü. Sonra, "Sen git kulağını aç şimdi" dedi. "Aklında iyi tut her şeyi. Ben yarın müdür beyle konuşurum."

Bekir, koğuştaki eski yerine uzandığında gülümsüyordu. Ayaklarının acısını da duymaz olmuştu. Yeniden eski gücüne kavuşacağı günün düşünü kuruyordu.

Ceketi veren çocuğa, "Bir cigaran var mı arkadaş?" dedi.

Çocuk, Bekir'in polisle dışarı çıkmasından kuşkulanmış olacak ki dik dik baktı yüzüne. Çıkarıp sigarayı verdi.

"Zengindirler ama nedense hep Birinci içer bu komünistler" diye düşündü Bekir. Sigaradan derin bir soluk aldı.

Sıkıntılı Günler

Sabah erkenden çıkması gerekiyordu yola. Çünkü aşağı yukarı bütün firma temsilcileri kendisi gibi ayın ilk pazartesi günü çıkarlardı geziye. Kim doktorlara, eczanelere daha önce giderse, onun sipariş alma olasılığı artardı. Ayrıca en az beş on kasabaya uğrayıp akşam Hopa'yı tutacaktı. Orada yatarlardı genellikle. Ertesi sabah Cankurtaran dağlarını aşıp Murgul Etibank Hastanesi'ne, Artvin'e giderlerdi.

Uyandığında saat beşe geliyordu. Hemen geceden kalma baş ağrısının sürdüğünü anladı.

Karısı salonda valizini hazırlıyor, çoraplarını katlıyordu.

Banyoda elini yüzünü yıkarken dışardan karısının seslendiğini duydu:

"Yumurtayı iki mi yersin, bir mi?"

Gene o mırıltı, tekdüze ürkek sesti.

"Hiç!" diye bağırdı. Ama o sırada yüzüne su çarptığı için boğuldu sözleri.

"Hu?" diye bağırdı karısı.

"Yumurta istemiyorum, diyorum. Sağır mısın?"

Sonra söylendi kendi kendine.

Banyodan çıkarken karısı yanına geldi.

"Ama yola gideceksin, yeseydin" dedi. Kocasını düşünüyor, ona bir hizmette bulunmak istediğini söylüyordu. Kızılacak değil, sevinilecek bir şeydi bu aslında.

"Yemeyeceğim dedim Allah'ın cezası!" diye bağırdı Mehmet Özver.

Kadın, korkuyla sindi.

"Şşşt, yavaş n'olur, çocuklar uyanacak!" dedi.

"Oğlanı kaldır!"

"Günah, daha çok erken."

"Kaldır piç kurusunu!" dedi Mehmet Özver "Görsün bakalım nasıl oluyormuş."

"Bırak, kıyma!"

"Kaldır dedim sana, tutturmasaydı dün gece öyle..."

Bir akşam önce oğlu Bayraktar, "Sabah kalkıp otomobili birlikte yerleştirelim" diye yalvarmıştı. "Kalkamazsın, çok erken gideceğim" demişti çocuğa. Ama tutturmuştu "İlle de kalkacağım" diye. "Görürsün gününü o zaman" demişti oğluna.

Karısı loş salonda hâlâ karşısında dikiliyordu. Dayak yemiş köpek gibi omuzları düşmüştü. Böyle ürktüğü zamanlar, ağzı hafifçe bir kenara çekiliyor, başı bir tokattan sakınmak istermiş gibi iki omuzunun arasına giriyordu. Bu da çileden çıkarıyordu kocasını. Bir kez karşısında dikilip açık ve ciddi bakabilseydi gözlerinin içine...

Mehmet Özver, salona, yıpranmış eşyalara, yapma çiçeklere, oraya buraya atılmış oyuncaklara baktı. Karısı, uykudan gözleri şiş, saçları kırık ve dağınık, dizlerinin üstünde biten sarı güllü kapitone sabahlıkla karşısındaydı. Bir yere doğru hızla kayar gibi oldu. Ömrünün boşa gittiğini ve artık değişmeyeceğini en yoğun ve kesin duyduğu, kendine acıdığı anlardı bunlar. Arada bir gelirdi bu duygu.

Koşarak çocuklarının odasına gitti. Kız, başını yastığın altına sokmuştu her zamanki gibi. Bayraktar bir bacağını yorganın üstünden aşırmış, ağzı açık, en derin uykusundaydı.

Kolundan tuttuğu gibi çekti çocuğu. "Kalk bakalım beyefendi!" diye bağırıyordu. "Kalk bakalım beyefendi!"

Bayraktar şaşkınlıkla gözlerini açtı. Babasının yüzüne baktı.

Mehmet Özver sertçe çekti çocuğu.

"Kalk bakalım beyefendi! Nasıl oluyormuş gör bakalım!"

Oğlanı ayağa kaldırmıştı çekerek.

"Hadi, yerleştir eşyaları arabaya!" dedi.

Arkasını döndü. Tam odadan çıkacaktı ki çocuğun yeniden yatağa yığıldığını duydu. Yanına gelip omuzundan tuttu. Bu kez oldukça sert tartakladı.

Karısı kolundan tutmuş, "Bırak çocuğu, sakatlayacaksın bir yanını" diyordu.

"Zırlama ulan, dolaşma ayağımın altında!" diye elinin tersiyle itti kadını.

Birden yatıştı ortalık.

Çocukların ikisi de uyanmış, kalkmışlardı. Sinirli babalarına, kapının yanında yere yığılmış ağlayan annelerine bakıyorlardı. Kadının hafif hıçkırıkları duyuluyordu.

Mehmet Özver sessizliği bozmak için,

"Niye o kadar ısrar ettin akşam ulan?" dedi Bayraktar'a. "Kalkabildin mi? Gördün mü?"

Bayraktar, "Kalktım ya baba!" dedi. Alelacele giyindi Mehmet Özver. Kimseye, eyvallah demeden fırladı gitti.

Küçük valizini, dağıtacağı ilaçları yerleştirmişti otomobiline.

Sağlık Eczanesi'nin önünden geçerken bir an durup içeri girmeyi düşündü. Ama daha çok erkendi. Açılmamıştı eczane.

Dar sokakları hızla geçip kentin dışına çıktı.

Bulanık bir hava vardı o gün. Göğün rengi ile denizin rengi aynıydı. Külrengi bir grilik, kapanıklık vardı ikisinde de.

Şoseden, taşları fırlatarak sarsıla sarsıla ilerlerken solundaki denizin çamur gibi bulanık dalgalar kabarttığını, gelip kıyıda gümlediğini görüyordu.

Yağacak gibiydi.

Mehmet Özver, sigaranın birini yakıp birini söndürüyor, tek dirseği pencerede hızla sürüyordu otomobili.

Günde iki paket Yeni Harman içerdi. Parmakları ile dişlerindeki sarılık, sanki doğuşundan beri varmış gibi yerleşmişti artık. Arada bir sigaranın zararı, erken öleceği gibi düşüncelere kapılırdı. Ama o gün bunlar yoktu kafasında. Belki bininci, bin beş yüzüncü kez boşanma, alıp başını gitme düşleri kuruyordu. En çok böyle sıkıştığı anlar, zengin olmadığına yanardı. Yeterli parası olsa bir gün bile beklemez, bir ev alırdı Firdevs'e. Çocuklarla birlikte oturabileceği, kendi malı bir ev. Sonra bir yıllık geçim parasını da yatırırdı bankaya. "Haydi!" derdi. "Şimdi siz halleşin artık. Gelecek yıla kadar arayıp sormayın beni." Kendisi de yaşamını derler toplar, sigarayı bırakır, iyi giyinir, tek başına yaşayacağı bir ev döşerdi. Bu ev hep gözünün önündeydi Mehmet Özver'in. Yıllardan beri görürdü. Modern eşyalar vardı salonda. Kitaplar, ses cihazları, bir divan, minderler... Nedense hep dağınık ama ölçülü bicili bir dağınıklık. Bir Amerikan bar. Kapağını çekince ışık yanıyor, arkası aynalı... Kendisi de gözünün önüne, hep bir içki şişesini açarken geliyordu. Bir sabahlık vardı sırtında. Yakası hafif açılmıştı. Bir madalyon sallanıyordu göğsünde. Ağzının kenarında bir sigara. Sigarayı bırakma kararına uymazdı bu, ama gene de kaçırmazdı keyfini. Yatakta da bir kadın olurdu hep. Yarı çıplak. Kimi zaman sarışın, kimi zaman esmer. Ama hiçbir zaman uçları kırık, açık kumral saçlı değil. Kiminde de Ayten'i düşünürdü yatakta. Nedense üstünde gene, göğüs cebinde adının baş harfleri işli beyaz eczacı gömleği ve gözlüğüyle. Bunların hiçbiri açık seçik canlanmazdı gözünde. Çocukluğunda görüp unuttuğu bir filmin parçaları gibi uçuşup dururlardı.

Bir Yeni Harman daha yaktı.

Hiçbir zaman gerçekleşemeyecekti bu düşleri. Tutuklu gibi yaşayacaktı o loş evde, kapitone sabahlıklı, kılcal damarları görünen kadınla; her gün o plastik çiçekleri, yer yer kelleşmiş, kirli sarı kadife koltukları, formika masayı, sarımtırak iç bulandırıcı bir hüznü, beceriksiz bir hadım erkekliği taşıyarak.

Elini hızla kaldırıp çarptı direksiyona.

"Ah ulan ah!" dedi.

Arabada yalnız olduğu için şöyle doya doya bağırmak istemişti ama kendinden utanır gibi kısık çıkmıştı sesi.

Ona göre dünyanın en kolay şeyi bekâr olmaktı. Ne çocuk derdi ne kadın... Gönlünün istediği yere git, istediğin gibi yaşa. Aç kal istersen.

Bu düşüncelerle yolunun üstündeki ilk kasabaya geldi.

Yağmur serpiştirmeye başlamıştı. Kasaba girişinde, üşümüşler gibi büzülmüş duran tavuklar kaçıştı önünden.

Kurşuni bir koyuluk asılıp kalmıştı kasabanın üzerine. Evlerin beyazlığı bile solmuş, kremle gri arası hastalıklı bir renk almış gibiydi.

Yağmur hızlanıyordu.

Parke taşlı bir alana geldi. Deniz tarafında kasketli bir adam ile iki adım gerisinde torlu, peştamallı üç kadın yürüyordu. Birinin yürüyüşünden genç olduğunu kestirdi.

Otomobil, eczanenin önünde yavaşlarken dönüp baktılar.

Eczane kapalıydı.

Bir an beklemeyi düşündü. Sonra iyice bastıran, parke taşlarını yıkayan yağmura baktı, vazgeçti. "Dönüşte uğrarım olmazsa" dedi.

Hızla döndü boş alanda.

Tatsız bir yolculuktan sonra Hopa'ya ulaştığında akşam oluyordu. Sipariş işleri iyi gitmemiş, doktorlarla dostluğu ilerletecek yerde, içindeki sıkıntıyı durmadan açığa vurmuş, konuşmaları kısa kesmişti.

Böyle kapalı havalarda iki kaşının arasına yerleşen ağrı, burnunda, gözlerinde zonklayan bir doluluğa ve başında sürekli bir sersemliğe dönüşürdü. Bir de canı sıkkındı üstelik.

Siparişe de aldırmadı, doktorların ne düşüneceğine de.

Engebeli yollarda, tek başına, sert hareketlerle araba kullanmak, durmadan sigara içip düşünmek daha iyi geliyordu.

Hopa'da da bir iki sıkıcı doktor ziyareti yaptı. Eczaneye uğradı. İşini bitirince deniz kenarındaki lokantanın önüne çekti mavi otomobili. Yağmur dinmişti. Akşam sessizliğine gömülüyordu kasaba. Evlerde ışıklar yandı. Kadınlar çocukları çağırdılar.

Deniz hâlâ coşkundu. Karanlık, koyu sular gümbürtüyle dövüyordu kıyıyı. İriyarı, fötr şapkalı, yaşlıca bir adam geçti yanından. Bastonla yürüyordu. Babasına benzetti adamı Mehmet Özver. Öyle babacan ve oturaklı bir görünümü vardı. Bütün ağırlığıyla basıyordu yere.

"Şimdi evde bekliyorlardır onu" diye düşündü. "Dava vekili olsa gerek. Yazıhaneyi kapattı, gidiyor. Külbastı yapmışlardır. Hazırdır sofra. Radyoda haberleri dinlerken söylenir kendi kendine. Sonra rakısını içer, Kulüp sigarası durur yanında."

Durup dururken bir yaşlı adamla bu kadar şeyi anımsamasına şaştı. Her şey olduğu gibi belleğindeydi, tazeydi. Arapsabunuyla ovulup tellenmiş tahtaların ıslak ve temiz kokusunu bile duyduğunu sandı.

Sonra lokantaya girdi.

Bütün "ilaççılar"ı tanırdı garsonlar. Her ay gelirlerdi çünkü.

"Ost Vini Restaurant" yazılıydı tabelasında.

Mehmet Özver kenar bir masaya geçti.

"Külbastı var mı?" dedi garsona.

"Taze kalkan vereyim abi" dedi garson. Bir yandan da omzundan aldığı bezle masayı siliyordu.

Anılarıyla gelen yemek üzerinde diretmedi. Biraz sonra rakı, beyaz peynir, kavun gelmişti önüne.

Nedense bütün bunlar daha da hüzünlendirdi onu.

Lokanta boştu ama biraz sonra teker teker sökün edecekti temsilcileri. Yemekten sonra otele gidilecek, girişteki koğuş gibi odada kumar oynanacaktı. Her gelişlerinde aynı şeyler yineleniyordu.

Mehmet Özver'in canı hiçbir şey istemiyordu o akşam. İki kadeh içip otele gidecek, odasına çıkacak, kitap okuyup uyuyacaktı.

Kapıdan Selami ile Murat'ın girdiğini gördü. Selami bir Amerikan firmasının temsilcisiydi; Murat da yerli küçük bir şirketin. Yerli şirket araba vermediği için Selami'yle birlikte dolaşıyordu Murat. Yasaktı ama idare ediyorlardı. Mehmet Özver'in hiçbir firma temsilcisiyle dostluğu yoktu. Yollarda zorunlu olarak karşılaşıyorlar, aynı lokantayı, aynı oteli paylaşıyorlardı. Aralarındaki o yapmacık neşeye, yapmacık içtenliğe katlanamıyordu. Bir de fazla ilgisini çekmiyordu işi. Yaşamını çevreleyen her şeyden olduğu gibi işinden de nefret ediyordu. Geçici bir süre katlanır gibiydi buna da. Öbürleri ise bütün benlikleriyle işlerine sarılıyorlar, durmadan işten söz ediyorlardı. İçini sıkıntılar basıyordu Mehmet Özver'in.

Hele bu Amerikan firmasının temsilcisi, firmanın ortağı gibiydi. Aldığı siparişlerle övünür, eşine dostuna rastladığında da ilaçlarını övmeye başlardı. Taşıdığı çakmak, kolye, kol düğmesi, anahtarlık, deri sigaralık hep en iyi cinstendi ve silahları gibiydi bunlar. Güneş gözlüğünü, kemerine bağlı kılıfa takardı. Çakmağından saatine, kalemine kadar arma işletmişti.

Bütün bunların farkındaydı Mehmet Özver. Ayrıca çok kısa kesilmiş saçlarıyla, düzgün yakışıklı yüzünü de sevmiyordu. Çok parlaktı ona göre. Her an sağlam, beyaz dişlerini parıldatıp, "İşte yepyeni bir müstahzar!" diyecek diye bekliyordu.

Gösterişli selamlarla gelip Mehmet Özver'in masasına oturdular.

Selami ellerini ovuşturarak, "Eee, mönüde neler var bakalım!" dedi. Bileğindeki kalın gümüş künye şıkırdıyordu.

Onlar daha yemeklerini söylemeden başkaları da sökün etti. Üç firma temsilcisi daha gelmişti.

"Selam selam!" diye bağırdı Selami. "Nasıl, çok tozumu yediniz mi?"

"Yağmur vardı, ıslaktı yerler" dedi yeni gelenler.

Gülüştüler.

"Garson beylerden rica edelim, şu masaları birleştirsinler lütfen!" dedi Selami yüksek sesle. Ayağa kalkmış, o topluluğu yönettiğini belirtmek ister gibi, sözcüklerin üstüne basa basa konuşuyordu.

Mehmet Özver hiç anlayamazdı bu tip insanları. Şimdi de onca gösterişi kendisi yapıyormuş gibi Selami'nin davranışlarından utanıyordu.

Böylece kalabalık bir masanın çevresinde birleşmiş oldular.

Rakıyı içtikçe içinin biraz ısındığını duyuyordu. Sabahtan beri iki kaşının arasına yerleşmiş duran ağrı da dağılıyordu. Neredeyse neşelenmeye başlamıştı. Biten yarım şişenin yerine yenisini ısmarladı. Oysa böyle kalabalık masalarda bir tedirginliğe kapılırdı. Hesap ödeneceği zaman bir karışıklık çıkardı hep ve bu karışıklık hiç de iyi sonuç vermezdi onun için. Ama o akşam böyle bir tedirginlik de duymuyordu. Masadakilerin, yeni gelen biri dışında, hepsini tanıyordu. O da pek çekingen, silik biriydi. Sesini sedasını çıkarmadan oturuyordu köşesinde. Masanın ilgisini çekmiyordu.

Herkes bir parça yükünü almış olduğu için dağılmıştı konular, ikili üçlü konuşmalar başlamıştı.

Mehmet Özver'in sağında oturan Muzaffer yerli bir firmada çalışıyordu, incecik, üflesen uçacak gibi, çok genç biriydi.

"Bıraktım geldim ama bir de bana sor" diyordu. "Bizimki doğurdu doğuracak. Gün sayıyor. Birkaç gün bekledim ama ne yaparsın. İstanbul'dakiler dinlemez ki. Belki de şu anda doğumevindedir. Düşünebiliyor musun? Belki de şu anda baba oldum da haberim yok!"

Her tümce bitişinde bir dirsek atıyordu Mehmet Özver'in böğrüne.

"Düşün, belki de şu anda, tam şu anda baba oluyorum!"

Çok parlak gelmişti bu düşünce.

Mehmet Özver, "İyi bok yiyorsun!" diye geçirdi içinden.

"İzin alsaydın birader!" dedi.

"Almasına alırdım ya, tam işleri toparlamışken istemedim. Şurada kaç ay kaldı. Kotayı doldurunca büyük prim var."

Çocuktan sıkılmıştı. Başı dönüyordu hafif hafif.

Yanındakilerle konuşan Selami'nin, "Evliliğe gelince orası kesik..." dediğini duydu. Gergin alnı, yanakları daha da parlıyordu.

Yanındakinden kurtulmak için atıldı hemen, söze karıştı: "Aman evlenme arkadaş" dedi. "Aklın varsa evlenme!"

Bir an durakladı Selami. Konuşma kesildi. Sonra eğildi ona doğru.

"Hiç enayi suratı görüyor musun bende?" dedi.

Afalladı Mehmet Özver.

"Dostça bir söz etmiştim" diye mırıldandı.

Haklıydı evlilere enayi demekle, ama yüzüne karşı, herkesin içinde biraz kaba kaçmamış mıydı bu?

Selami'nin gene eski toplulukla konuşmaya başladığını gördü.

Bir öfke sıcaklığı yayıldı içine. Kendisini küçük düşürmek için, bile bile böyle yapmıştı. Hem de salt çevredekilere gösteriş olsun diye. Bencillik! Selami'nin balıktan, iri bir parçayı çiğneyip kılçıklarını tüküren ağzında, dudaklarında sonsuz bir bencillik okuyordu şimdi. Kıvrık, kendini beğenmiş, kıskanç ve bencil. İğrenç bir ağızdı işte, yağlanmıştı da.

"Kendini çok zeki sanıyorsun, değil mi?" dedi Selami'ye.

Sesi istediğinden yüksek, ince ve hırçın bir tonda çıkmıştı. Masadakilerin çoğu genel uğultunun içinden sivrilen böyle bir sesi beklemiyordu. Bir sessizlik oldu.

Selami ağır ağır döndü ona doğru. Yüzünde yapmacık bir kibarlık ve şaşkınlık anlatımı vardı. Hafifçe gülerek, kaşlarını yukarı kaldırarak baktı.

"Bir şey mi dediniz Mehmet Bey?"

Mehmet Özver içinden,

"Nasıl da iyi tanıyorum bu tavrı, nasıl... Utanmıyor mu?" diye geçirdi.

Birden çok yorgun olduğunu duydu. Bezginlik sardı içini.

"Şey... Az önceki evlilik konusunda" diye mırıldandı. "Onun için demiştim."

"Hayır, anlamadım da gerçekten!" dedi Selami.

Böylece kapandı olay.

Yemek erken bitti.

Lokantadan çıktıklarında hepsi çakırkeyifti. Otomobillere binip otele gittiler.

Otel deniz kıyısında, dört katlı, uydurma bir yapıydı. Bir duvarı sıvasızdı, açıkta duruyordu tuğlalar.

Oyuna başlamak için sabırsızlanıyordu çoğu. Girişte, tezgâhın arkasındaki odaya gittiler.

Mehmet Özver odasına çıkıp yatacaktı ama bu erken saatte yalnız kalmak istemedi canı. "Biraz oyunu izler, sonra gider yatarım" diye düşündü.

Oda bomboştu. Sadece yeşil örtülü bir masa ve tahta sandalyeler duruyordu ortasında. Tepeden, çıplak bir ampulle çiğ çiğ aydınlatılmıştı.

Mehmet Özver kendisine gösterilen yere nasıl oturduğunu anlayamadı. Yarı gönüllü yapılmış bir işti bu. Bir dalganın üzerine kendini bırakıvermek gibi. Sonra dalga alır atar seni.

Kâğıtlar dağıtılırken herkes durmadan sigara içiyordu. Duman içinde kalmıştı oda.

"Ne çok sigara içiyorlar" diye düşündü. Sonra bir de baktı ki kendi elinde de yarıya kadar inmiş bir Yeni Harman var.

Karşısında Şehsuvar adlı biri oturuyordu. İriyarı, pos bıyıklıydı. Bir çıban izi vardı sol yanağında. Güney'den bir yerdendi. Sağ yanında Selami, solunda Alman Lisesi'ni bitirmiş Zeki oturuyordu.

Öbürleri çevrelerinde halka olmuşlar oyunu izliyorlardı.

Pek kötü başlamadı Mehmet Özver. Dikkatli oynuyor, bir de her oyunda gerekli olan, "Her şey iyi gidecek!" sezgisi vardı içinde. Bu sezgi olunca bütün masayı yönetebilirdi insan.

Önünde biriken para çok değildi ama daha rahat oynamasına yetiyordu. Sonra oyunun çok hızlı ve sinirli geçen bir on dakikası geldi. Bu süre içinde durmadan yitirdi. Önündeki para ateş görmüş kar gibi erimiş, cüzdandan da gitmişti.

O sevimsiz baş ağrısının gelip iki kaşı arasına konduğunu duydu. "Her şey iyi gidecek!" sezgisi yoktu artık içinde.

Tam oyunu bırakmayı düşünüyordu ki çok iyi bir kâğıt geldi eline. Kendini tuttu. Sevincini belli etmedi. İyi kullanacaktı bu fırsatı. Yeniden kart almadı.

Yükseltilmeye başlandı oyun. Bu kez Selami yükseltiyordu. Mehmet Özver, Selami'nin yüzüne baktı. Güç durumundan kurtulmak için atak yaptığı belliydi. Üstüne gitti. Zeki'yle Şehsuvar çekildiler.

"İstersen açıktan okuyalım" dedi Selami.

"Olur" dedi. "Yalnız benim üstümde para yok!"

Küçücük kâğıt parçalarına 1.000 TL yazdı Selami. Sürdü önüne. Gülümsedi.

Mehmet Özver, gerçekten çok mu güveniyor kendine gibilerden baktı Selami'nin yüzüne. Kızarmış gözlerini, geniş parlayan alnını, bencil ağzını süzdü. "Blöftür!" dedi. "Gözümü korkutmak için atak yapıyor. Lokantadaki gibi. Çekilme! Yaşamı, her şeyi blöf değil mi?"

Karşılıklı, 1.000 TL yazılı küçük kâğıtları sürüyorlardı. Ortadaki para çok yükselmişti. O zaman yeniden kuşkulandı. Acaba? Ama şimdi de bırakılamayacak kadar çok para sürülmüştü ortaya.

Gözünü Selami'den hiç ayırmıyor. "Her şeyi blöf!" diye tekrarlıyordu içinden.

Eller açılınca çevredekilerin şaşkınlık sesleri yükseldi.

Yeşil örtü üzerinde dört on gördü Mehmet Özver. Öksürdü.

"Ne kadar?" dedi.

"Sekiz bin."

"Dönüşte veririm" diye mırıldandı.

Kalkıp kapıya doğru yürüdü. Tam çıkacakken Selami'nin "Kusura bakma. Oyun bu!" dediğini duydu.

Dönüp baktığında yüzünde nasıl bir anlatım olacağını çok iyi biliyordu. Beklediği gibi de oldu: Kibar, yapmacık bir şaşkınlık, yukarı kalkmış kaşlar...

"Nasıl da bildiğim gibi" diye geçti içinden.

Açık havaya çıktı.

Karanlık bir geceydi. Hiçbir ışık yoktu deniz kıyısında. İliklerine dek üşüdü. Serin bir yel esiyordu denizden.

Çocuklarını düşünmeye koyuldu. Bir özlem sarmıştı içini. Sabah çıkarken Bayraktar'ın canını yakmıştı. Oysa ne suçu vardı çocuğun. Kaba, hayvanca bir işti yaptığı. Kızını ise görmemişti bile. Baba diye, evde bağırıp çağıran, iğrenç, beceriksiz bir adam kalacaktı akıllarında. Belki de nefret ediyorlardı kendisinden. Analarına sokulmuş konuşuyorlar mıydı, uyuyorlar mıydı yoksa? Kendisi yokken evde ne yaptıklarını hiç düşünmemişti. Bir erinç, bir sessizlik vardı mutlak. Evi zehirleyen kendi varlığıydı.

Karısı da bir garip kadıncağızdı işte. Bunca yıldır gık demeden evin yükünü çekiyor, her türlü aşağılanmayı yutuyordu. Fukara, ağzı var dili yok bir kadındı. Kocasının da üstüne titriyordu ama o başka bir yaşamın düşüne kaptırmıştı kendini, evdekileri eziyordu. Olacak iş değildi yaptığı. O öteki yaşam, Selami gibilerin harcıydı. Düşmanlık dolu bir dünyaydı bu. Niye bu kadar anlayışsızdı insanlar birbirlerine karşı? Niye sırtlan gibi dişlerini gösteriyorlardı?

Dostu yoktu hiç. Salt karısıyla çocukları vardı. Şu dünyada ona hiçbir zaman kötülük etmeyecek, kötülüğünü istemeyecek insanlardı onlar. Sabah evden çıkarken yaptıkları aklına geliyor, pişmanlık dolu bir burkulma duyuyordu göğsünde.

Çocuklarının, karısının sıcaklığını aradı. Onlara sarılıp öylece kalsaydı. Sevecen bir şeyler yaşasaydı dünyadaki tek dostlarıyla. Dayanılmayacak bir istek oldu bu içinde.

Otelden konuşmalar, gürültüler geliyordu. Büyük, beyaz bir lamba yanıyordu giriş kapısının önünde.

Mehmet Özver, mavi Volkswagen'ine bindi. Motoru çalıştırıp hızla atıldı yola.

Kasabadan çıkmadan önce, o yaşlı iriyarı adamı düşündü. Uyumuştu mutlak. Sofadaki kapı pervazına asılı gaz lambası, fitili kısılmış biçimde yanacaktı sabaha kadar.

O geceyi ormanlar içindeki engebeli bozuk yollarda geçirdi. Karanlıkta hiç mola vermeden sigara içti, direksiyon salladı.

Ertesi sabah vardı evine.

Anahtarlarıyla kapıyı açıp içeri girdiğinde çocukları, okula göndermek için hazırlıyordu karısı. Mehmet Özver'i görünce şaşkın kalakaldı.

"Kaza mı oldu? Kaza mı oldu?" diye sordu korkuyla.

"Hayır" dedi.

O anda orada olmaması gerekiyordu. Bunun tutukluğu çöktü birden üstüne.

Divana oturup çocuklarını çağırdı yanına. İkisinde de bir çekingenlik vardı. Alışmadıkları bir durumla karşı karşıyalardı. İki çocuğu, iki dizine oturttu. Başlarını okşadı.

Karısına, "Nasılsın?" diye sordu.

Ağzı ürkekçe yana çekildi kadının, "İyiyim" dedi duyulur duyulmaz bir sesle.

Salonun ortasında ayakta durmuş bakıyordu, kırık kumral saçları ve sarı güllü kapitone sabahlığıyla.

Mehmet Özver'in uykusuzluktan, gece araba kullanmaktan biber gibi yanıyordu gözleri.

"Karnın aç mı?" dediğini duydu karısının.

"Evet" dedi gülümseyerek.

Kadın hemen mutfağa koştu. Çocuklar put gibi oturuyorlardı dizinde. Utangaç utangaç önlerine bakıyorlardı.

"Okula mı gidecektiniz?" dedi.

İkisi de başlarını sallayıp, "Hıı" dediler.

Karısı mutfaktan, "Geç kalıyorlar" diye seslendi.

"Geç kalıyormuşsunuz" dedi çocuklara. "Hadi bakalım şimdi doğru okula!"

Çocuklar kalktı dizinden.

Cebinden bir beş liralık çıkarıp Bayraktar'a uzattı.

"Bu ikinizin!" dedi. "İstediğinizi alın."

"Teşekkür ederim baba" dedi Bayraktar. Sonra gittiler. Merdivenleri koşarak, gürültüyle indiklerini duydu. Geç bırakmıştı çocukları.

Mutfağa girdi. Karısı kahvaltı hazırlamıştı.

Küçük masanın mavi çiçekli muşambasına takıldı gözü. Eliyle muşambadaki resimlerin üstünden gitmeye başladı.

Ekmekle zeytin yedi biraz.

Karısının zeytini hep eliyle yediği geldi aklına. Baş ve işaret parmağıyla tutar, ağzının içine kadar sokardı. Şimdi de dikilmiş bekliyordu başında.

"Sen yedin mi?" dedi.

"Evet" anlamında başını salladı karısı. Sonra, "Bir şey mi oldu?" diye sordu. Gözleri irileşmişti. Hep kötü bir haber beklerdi.

"Hayır!" dedi.

Sözünü sürdürmek istediyse de ne diyeceğini bilemedi.

"Yine gidecek misin?"

Yanıtlamadı.

"Firmadakiler ne der duyarlarsa?"

Korkuyla konuşan, ayakta dikilmiş, elleri göbeğinde, hafif öne eğik karısına, kapitone sabahlığına, dayak yemiş gibi duran suratına baktı: "Dırdır etme fazla!" dedi.

Alışkanlıkla söylediği bu sözden pişman oldu hemen. Muşambanın şekillerine döndü.

Niye geldiğini bilmiyordu şimdi. Öbürleri çoktan yola çıkmış olmalıydılar. Kalacak mıydı burada? Yoksa işe mi dönecekti?

Sarımtırak, koyu bir sıkıntının çöreklenip boğazına dek sardığını duydu.

"Ben yatacağım biraz" dedi.

Yatak odası dağınıktı. Çarşaflar kırış kırış, yorgan buruşmuş. Ağır bir de uyku kokusu vardı.

Yatağa girerken, arka bahçeye bakan küçük pencerede yağmur damlalarının tıpırtısı başlamıştı.

Gözlerini dikip yağmura baktı. Sonra başına çekti yorganı.

EK

Biyografi

Söyleşi

Biyografi

Romanları 30 dilde yayımlanan Zülfü Livaneli, 1946 yılında doğdu. Ankara'da Maarif Koleji'nde okudu, Stockholm'de felsefe ve müzik eğitimi gördü.

1972 yılında fikirlerinden dolayı askeri cezaevinde yattı, 11 yıl sürgünde yaşadı.

Harvard ve Princeton gibi saygın üniversitelerde konferanslar ve dersler veren, romanları, fikirleri ve müziği ile dünya basınında övgülerle karşılanan bir sanatçı olan Livaneli, edebiyat, müzik ve sinema alanlarında 30'dan fazla ulusal ve uluslararası ödül sahibi.

Livaneli, 1999 yılında San Remo'da En İyi Besteci ödülüne layık görüldü. Müzik eserleri Londra, Moskova, Berlin, Atina, İzmir Senfoni orkestraları tarafından icra edildi ve Zubin Mehta, Simeon Kogan gibi şeflerce yönetildi.

Türkiye dışında Çin Halk Cumhuriyeti, İspanya, Kore ve Almanya'da da çok satanlar arasına giren romanlarıyla, Balkan Edebiyat Ödülü'ne, ABD'de Barnes and Noble Büyük Yazar Ödülü'ne, İtalya ve Fransa'da Yılın Kitabı Ödülü'ne, Türkiye'de ise Yunus Nadi Ödülü'ne ve Orhan Kemal Roman Ödülü'ne layık görüldü.

Livaneli, dünya kültür ve barışına yaptığı katkılardan ötürü 1996 yılında Paris'te UNESCO tarafından Büyükelçilikle onurlandırıldı ve Genel Direktör danışmanlığına atandı.

2002-2006 yılları arasında TBMM'de ve Avrupa Konseyi'nde milletvekilliği görevinde bulundu.

http://www.livaneli.gen.tr

http://www.livaneli.net

Zülfü Livaneli'ye *Arafat'ta Bir Çocuk* için sorular

***Arafat'ta Bir Çocuk*'un girişinde bir notunuz var: *"Bu öykülerdeki kişiler gerçek yaşamdan alınmamıştır."* Bu nottan, şimdiye kadar bu anlamdaki bir not gördüğümüz her seferinde yaptığımız gibi, tam tersine öykü kişilerinin aslında gerçek yaşamdan alındığını anlasak, ne dersiniz?**

Önce bir açıklama yapmama izin verin.

Ben aslında "öykü" yerine "hikâye" demeyi yeğliyorum. Çünkü öykü, "öykünmek" kokuyor, yeteri kadar sıcak ve yerli değil. Hikâye ise *"Dinle neyden kim hikâyet etmede"* dizesinde görüldüğü gibi şiirsel ve köklü, bize ait. Bu yüzden izninizle "hikâye" diyeceğim.

Hikâye kitabım 1978'de çıkmıştı ve genellikle 1971 darbesinden sonraki döneme yoğunlaşmıştı. Yani olaylar çok tazeydi. Kurgusal kişilerinin başından, bir bakıma benim yaşadığım hapis, sürgün deneyimleri geçiyordu. Ben ise müzisyen kimliğimle yeni tanınmıştım. Bu yüzden okurlarda bir kafa karışıklığı olmasını istemedim. Hikâye kahramanlarının aslında yazar olduğu yanılgısına düşmelerine karşı uyarı olarak o notu koydum. Bu hikâyelerdeki kişiler elbette kurgusal ama bütün edebiyat yapıtlarında olduğu gibi çeşitli kişilerin bileşkesi. İçinde benim de olduğum kişiler bunlar. Tam burada Ortega y Gasset'in ünlü sözünü hatırlamak yararlı olur: *"Ben kendimin ve çevremin toplamıyım."*

Kitaptaki öykülerin bir ortak yanı hepsinde kişilerin bir "sınır aşımı"nı gerçekleştirmeleri. Bu sınır, ülkeler arasın-

daki sınırlar olduğu gibi toplumsal cinsiyet sınırları da olabiliyor. "Sınırlar", kendi yaşadıklarınızdan da çok iyi bildiğiniz bir konu ve bu konuda muhakkak hâlâ söyleyeceklerimiz vardır, yanılıyor muyuz?

Sürgün, edebiyatın olmazsa olmaz temalarından biridir. Homeros'tan hatta belki ondan da eski ozanlardan bu yana akar durur. Biz de '71 darbesinden sonra kendi kuşağımızın sürgün hikâyelerini anlatmaya başladık. Yalnız sizin bunu "sınır aşmak" diye nitelemiş olmanız çok güzel. "Sınır aşan nehirler" gibi... Evet, bu olgu sadece ülke sınırıyla ilgili değil. Bazı insanlar bütün hayatlarını sınırları aşma mücadelesi olarak geçiriyorlar. Galiba ben de bunlardan biriyim. Demek ki bu konuda söylenecek söz bitmez.

Öykülerin bir başka ortak yanı da kahramanların bir "ara yer"de, "araf"ta kalmaları ve, kimi zaman turistik bir kasabada göze çarpmamak için şort giymek gibi görünüşte basit de olsa, kendileri açısından hayati bir karar vermek zorunda olmaları. Bu öykülerde kişisel gözlemlerinizin rolü olduğunu, bu konuda söylediklerinizden biliyoruz. Peki, deneyimlerinizin rolü ne ölçüde?

Bilimkurgu, polisiye gibi türler hariç, her edebiyat yapıtı için deneyim şart. O koşulları bilmezseniz, insanları tanımazsanız hiçbir şey anlatamazsınız. Çünkü hayat, yazarın düşgücünü kat kat aşan bir zenginliğe sahip. "Araf"ta kalma durumu saptaması gerçek. Zaten bu yüzden hikâyeleri okuduktan sonra kitabın adını Yaşar Kemal koydu. Ben "Arafat" yerine "araf" olması gerektiğini söyleyince de *"Halk 'Kaldım arafatta' der. Yanlış bile olsa güzeli budur"* dedi.

Berat Koza'nın 22 Nisan 1972 günü Sirkeci tren istasyonunda başlayan öyküsü "Bir Arpa Boyu", dört beş gün sonra Kopenhag'da *"Ancak o zaman anladı bir arpa boyu*

***yol gittiğini, Türkiye'den hiç çıkmadığını, hiçbir zaman da çıkamayacağını; sınırların, yolculukların, buralara gelmesinin durumu daha ağırlaştırmaktan başka bir işe yaramayacağını..."* cümlesiyle sona eriyor. Bugün bu saptamaya Türkiye'nin Avrupa macerasına ilişkin bir değerlendirme gözüyle *de* bakabilir miyiz?**

Aslında hikâyeyi yazdığım dönemde böyle bir metafora başvuramazdım. Çünkü koşullar böyle değildi. Ama edebiyat ilginç bir şey. Bambaşka koşullar altında yazdığınız bir cümle dönüyor dolaşıyor, onca yıl sonra başka bir gerçekliği çağrıştırabiliyor. Ama benim yazdığım şekliyle bu cümle Berat'ı ve sürgünlüğü anlatıyor.

***Arafat'ta Bir Çocuk*, edebiyat alanındaki ilk verimleriniz olan öykülerinizi bir araya getiriyor. 1978'de çıkan bu kitaptan sonra öyküye dönmediniz. Düşünür müsünüz? Buna bağlı bir sorumuz daha var. Öykülerinizde siyasi mülteci ya da işçi olarak Avrupa ülkelerine savrulan Türklerin özellikle kültürel çatışmalar bağlamında yaşadıkları işleniyor. "Üniforma" ve "Sıkıntılı Günler" ise bu açıdan farklı öyküler. İkisi de Türkiye'de geçiyor ve kahramanların kendileri, aileleri ve başkaları ile yaşadıkları çatışmalar ele alınıyor. Öyküye döndüğünüzde, bu anlamda "yerli" öykülerin devamı gelebilir mi?**

Hikâye çok ama çok güzel bir tür. Biliyorsunuz, Borges romanları sevmiyor, *Don Quijote*'yi bile "dağınık, savruk" buluyor. Son zamanlarda onun haklı olup olmadığını sık sık düşünüyorum. Belki de haklı. Çünkü yüzlerce sayfa roman yerine belki hikâye ya da benim en sevdiğim biçim olan "uzun hikâye" (*novella*) daha güzel. Çünkü yoğun ve ölçülü. İçimden yeni hikâyeler yazmak geliyor doğrusu. Yeni ve yerli öyküler.

DK'da yayımlanmış diğer kitapları

Engereğin Gözü

Kitabı merakla ve son sayfasına kadar eksilmeyen bir zevkle okudum. İnsanın, düşsel, zalim ve bazen de umutsuz bir dünyayı keşfetmesini sağlıyor. Filmlerde romantik bir biçimde gösterilen harem evrenini ve genç kadınların yaşadığı hapis hayatını hiçbir kuşkuya yer bırakmayan bir gerçeklikle betimliyor.

Costa Gavras

Bir Kedi, Bir Adam, Bir Ölüm

Gerçek bir şaheser! Teknik ve psikolojik olarak mükemmel! Öldürmek mi bağışlamak mı ikilemini en iyi veren roman.

Yaşar Kemal

Mutluluk

Mutluluk, yalnızca harika kurgusuyla heyecanlı ve sürükleyici bir macera romanı değil; bunların ötesinde, gelenek ile modernlik, tarih ile bellek yitimi, din ile laiklik arasında bölünmüş Türk toplumu üzerine son derece güçlü bir analiz. Livaneli çok güçlü bir anlatıcı. *Mutluluk* ile okuru kavrıyor ve onu anlaması, tahammül etmesi zor gerçekliklerle yüz yüze getiriyor.

Martine Laval

Leyla'nın Evi

Bu kitapta anlatılan, biri yaşlı diğeri genç iki kadının birbirlerini keşfetme hikâyesi değil sadece... Zülfü Livaneli yeni romanında, insanoğlunun barınma ihtiyacını ele alıyor. Bunu da İstanbul gibi sürekli göçlerle sarsılan bir şehir üzerinden anlatıyor.

Buket Aşçı, *Vatan Kitap*, 15 Mayıs 2006

Sevdalım Hayat

Zülfü Livaneli'nin zengin ömrünün kısa özeti. "Sürekli sanat üstüne düşünen, yaratı sancıları çeken ama dönemin ve ülkenin koşulları gereği zaman zaman politikadan kaçamayan birinin anıları." Bir insanın, bir kuşağın, bir ülkenin yakın tarihi. Kitabın genişletilmiş yeni basımında fotoğraf albümü de yenilendi, kimisi ilk kez yayımlanan fotoğraflarla zenginleştirildi. Tıpkı yazarının hayatı gibi.

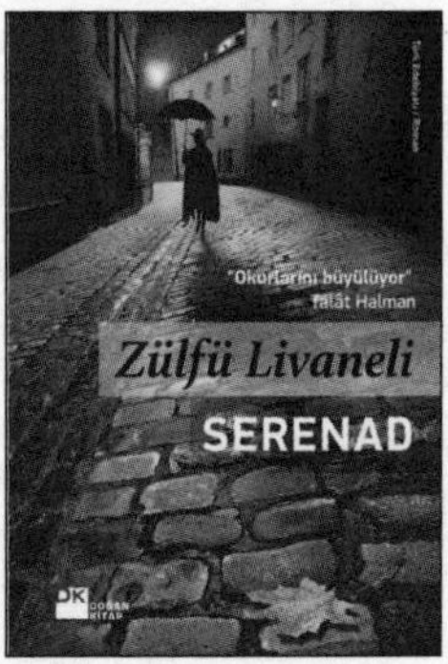

Serenad

Serenad yaşam musikisinin gür eseri. Bir sevgi çağrısıyla başlıyor, bir dokunaklı sonat gibi gelişiyor, bir çağın güçlü senfonisi olarak okurlarını büyülüyor. Bir Livaneli klasiği...

Talât Halman

Son Ada

Livaneli'nin bu benzersiz yaratıcı romanında, insan yapısı otoriteyle karşı karşıya... Yazar bizi dünyamız üzerinde yeniden düşünmeye çağırıyor. Mutlaka okunmalı.

Prof. Lenore Martin, Harvard Üniversitesi

Edebiyat Mutluluktur

Zülfü Livaneli'nin *Vatan* gazetesindeki köşesinde çok zevk aldığı, hayatını adadığı edebiyat konusunda görüşlerini paylaşmak ve özellikle de "yüreğini kanatlandıran sözlere sevdalanmış" yazar adaylarına karınca kararınca faydalı olmak için yazdığı "Edebiyat Notları"ndan seçmeler ve iki konuşma: "Benim Gözümden Yaşar Kemal", "Edebiyat Üzerine".

Kardeşimin Hikâyesi

Sakin bir balıkçı köyünde genç bir kadının cinayete kurban gitmesiyle başlar her şey. Dünyadan elini eteğini çekmiş emekli inşaat mühendisiyle genç, güzel ve meraklı gazeteci kızın tanışmasına da bu cinayet vesile olur. Kurguyla gerçeğin karıştığı, duyguların en kuytu bölgelerine girildiği hikâye, daha doğrusu hikâye içinde hikâye de böylece başlar. Modern bir Binbir Gece Masalı'nın kapıları aralanır.